Edney Silvestre

Der stumme Zeuge

EDNEY SILVESTRE

Der stumme Zeuge

Roman

Aus dem brasilianischen Portugiesisch
von Kirsten Brandt

Limes

Die brasilianische Originalausgabe erschien 2011 unter dem Titel
»A felicidade é fácil« bei Record, Rio de Janeiro.

MIX
Papier aus verantwortungsvollen Quellen
FSC® C014496
FSC www.fsc.org

Verlagsgruppe Random House FSC® N001967

1. Auflage
Deutsche Erstveröffentlichung Juli 2016 bei Limes Verlag,
einem Unternehmen der Verlagsgruppe Random House GmbH,
Neumarkter Straße 28, 81673 München

Umschlaggestaltung: www.buerosued.de
Umschlagmotiv: mauritius images/Loop Images, plainpicture/
Millenium/Ruth Grimberg
JB · Herstellung: kw
Satz: Vornehm Mediengestaltung GmbH, München
Druck und Bindung: GGP Media GmbH, Pößneck
Printed in Germany
ISBN 978-3-8090-2658-7

www.limes-verlag.de

Zum Gedenken an
Edmond Silvestre

Als das Kind Kind war,
wusste es nicht, dass es Kind war,
alles war ihm beseelt,
und alle Seelen waren eins.

Peter Handke / Wim Wenders,
Der Himmel über Berlin

Kapitel 1

Nachmittag
Montag, 20. August
15:43 Uhr

Der Junge erschrak, als die langgestreckte Limousine neben ihm hielt und der Mann am Steuer ihm bedeutete einzusteigen. Dann lächelte er, weil dies seine Art war, sich für Freundlichkeiten, die man ihm erwies oder in Aussicht stellte, erkenntlich zu zeigen. Der Junge lächelte in Vorfreude auf das Vergnügen, in das dunkelblaue glänzende Auto mit den hellen weichen Ledersitzen einzusteigen. Der Junge lächelte, denn er hatte gelernt, dass, wenn er lächelte, den Kopf ein wenig nach links geneigt wie gerade eben, und die Erwachsenen aus den blauen Augen ansah, die er von seinen pommerschen Urgroßeltern geerbt hatte, die Arbeitgeber seiner Eltern fast immer zurücklächelten und ihm über sein seidiges blondes Haar strichen, so wie ihm auch der dunkelhäutige Mann, der Besitzer des weitläufigen Hauses mit den hohen Mauern, in dem seine Eltern arbeiteten, dann manchmal ein paar Münzen oder einen Geldschein in die Hemdtasche oder in die Hand schob. Er lächelte, weil er gelernt hatte, dass ihm so die schwarz gekleideten Männer, die ständig durchs Haus patrouillierten und den Eingang bewachten, schneller das Tor öffneten, das er jeden Morgen auf dem Weg zur Schule in der großen Stadt durchqueren musste, in die ihn seine Eltern endlich geholt hatten. Er lächelte, wie er es während all der Monate getan hatte, in denen er darauf wartete, dass sie ihn wie versprochen zu sich holten. Damals hatte ihm sein Lächeln jedes Mal ein wenig mehr zu essen eingebracht oder eine Ohrfeige erspart, wenn er etwas falsch gemacht hatte, wie an dem Nachmittag, an dem er das Gatter der Weide geöffnet hatte und, ohne zu schreien und zu lärmen wie andere Kinder, mit den Schafen den Hügel hinaufgelaufen war. Als er daraufhin versucht hatte, eines der Lämmer einzufangen, waren mehrere Schafe im Unterholz verschwunden. Der Junge lächelte, weil er das immer tat, wenn jemand freundlich zu ihm war, so wie jetzt der Mann hinter dem Steuer. Er lächelte, weil er nicht reden konnte, weil er noch nie ein Wort gesprochen oder gehört hatte, weil er gar nicht wusste, was Wörter waren, obwohl er wusste, dass es sie gab und dass die Erwachsenen oder andere Kinder in seinem Alter mit ihnen zum Ausdruck brachten, was sie von ihm wollten oder erwarteten, was er aber nur verstand, wenn sie es ihm zeigten oder darauf deuteten.

Der Mann am Lenkrad stieg aus dem Auto, öffnete die hintere Wagentür und machte eine einladende Handbewegung.

Ein wenig mühsam kletterte der Junge in den Wagen. Er setzte sich auf die Rückbank, für die seine Beine zu kurz waren, und streckte die Füße aus, damit seine Schuhsohlen nur ja nichts schmutzig machten. Dann nahm er den schwarz-grünen Rucksack ab, den Zeichentrickfiguren schmückten, die er nicht kannte, stellte ihn neben sich, öffnete ihn, entnahm ihm ein

Heft und ein paar Buntstifte und begann zu malen. Er konnte weder lesen noch schreiben und würde es auch nie lernen, aber er war sich seines Unwissens nicht bewusst und fest davon überzeugt, Schulaufgaben zu machen. Und so arbeitete er sorgfältig, zog oben und an den Seiten Linien, zeichnete Formen, verlängerte da einen Strich, radierte anderswo etwas aus, wechselte die Farbe und malte auf diese Weise methodisch und gewissenhaft Zeichen, die für seine Umwelt keinerlei Sinn ergaben.

Der Mann am Steuer fuhr los und ließ nach und nach das Gewimmel aus Kindern und Müttern hinter sich, die zu den Bushaltestellen strömten. In diesem Teil der Stadt waren die Bürgersteige aus gerastertem Zement, und schmale Läden säumten die Straßen: ein Schreibwarengeschäft mit vollgestopftem Schaufenster, ein paar Tante-Emma-Läden, ein koreanischer Kramladen, eine Wäscherei.

Im Rückspiegel beobachtete der Mann bewundernd die Ruhe und völlige Selbstversunkenheit des Jungen.

Er sah sich selbst in diesem Alter durch die ungepflasterten, ewig unfertigen Straßen der Vorstadt laufen, die bei jedem stärkeren Regen im Wasser versank. Immer hatte er geschrien, ganz gleich, ob er Drachen steigen ließ oder die Blechtöpfe mit dem Essen austrug, das seine Großmutter in ihrer dunklen Küche zubereitete, kreuz und quer durch die Favela, von der er damals nicht wusste, dass sie Favela hieß. Die Favela war einfach nur der Ort, an den seine Mutter ihn gebracht hatte, um dann zu verschwinden, und er war ein Junge gewesen, der Blechtöpfe austrug und ständig schrie, sei es, um die halbverhungerten Straßenköter zu vertreiben, sei es, um den Kunden seine Ankunft anzukündigen. Ein Junge, der sich in den engen Gassen, eine Entschuldigung murmelnd, zwischen den Passanten hindurchdrängte, weil er es eilig hatte, weil er, kaum hatte er den ersten Topf abgegeben, den nächsten holen und abliefern musste. Und dann noch einen und noch einen, bis es Zeit für die Schule war, die im unteren Teil der Stadt lag und wo ihn das, was die Lehrer erzählten, nicht interessierte, wo er einfach nicht stillsitzen konnte, wo er aber trotzdem Zahlen und Namen hören und aufschreiben musste, ungeduldig darauf wartend, dass er wieder hinausdurfte und sich in das Gewühl zwischen den Baracken und Lädchen stürzen konnte, die ihm weder klein noch elend vorkamen, weil er nichts anderes kannte und weil ihn noch nie jemand von dort weggeholt hatte. Bis seine Mutter es eines Tages doch tat, diesmal in Begleitung eines Mannes, den er nie zuvor gesehen hatte und der ihn regelmäßig verdrosch, damit er still war und aufhörte zu schreien und zu lachen und im Garten des großen Hauses herumzulaufen, wo die Mutter und der Mann arbeiteten. Bis er eines Tages ganz von selbst damit aufgehört hatte. Von da an war er immer ein ruhiger Junge gewesen, ein ruhiger Jugendlicher, ein ruhiger Soldat, der ruhigste unter den Rekruten der Militärpolizei, ein ruhiger Einsatzleiter bei den Patrouillengängen, ein ruhiger Leutnant bei den Razzien gegen die Drogenhöhlen, ein ruhiger Patient, als er sich von dem Schuss erholte, der sein Knie zertrümmert hatte, ein ruhiger Ex-Militär in seiner spärlich möblierten Wohnung in der Innenstadt und schließlich ein schweigsamer Wachmann und Fahrer, den die anderen Angestellten mit Hochachtung behandelten und »Major« nannten, obwohl er diesen Rang nie erreicht hatte.

Der Junge tat ihm nicht leid. Er mochte ihn nicht besonders. Er mochte niemanden besonders. Außer vielleicht seine Tochter. Ob er einen anderen Menschen, einen Gegenstand, eine bestimmte Speise, was auch immer mochte oder nicht, spielte für ihn keine Rolle. Andere Menschen waren ihm gleichgültig. Alle anderen Menschen.

Redete er sich jedenfalls ein.

Normalerweise hätte er den Jungen nicht abgeholt. Dafür war der Kleinbus zuständig, der die Kinder der Hausangestellten von Jardim Paulistano zur Schule und wieder zurück fuhr. Eigentlich war seine Aufgabe bereits erledigt, als er den anderen Jungen nach Hause gefahren hatte, der untersetzt und dunkel war wie sein Vater, der Besitzer des Wagens, in dem er saß. Aber die Chefin hatte es befohlen. Ein merkwürdiger Auftrag, so merkwürdig wie der ganze Tag. So merkwürdig wie das Gefühl, das ihn überkommen hatte, als er den Sohn des Hausmeisterehepaars am Schultor gesehen hatte, den Rucksack geschultert, so blond, so blass, so klein, so … unpassend.

Er fuhr den gleichen Weg zurück wie mit dem Sohn des Chefs.

Bald hatten sie die Avenida Rebouças erreicht, wo wie üblich angenehm wenig los war. Er schaltete das Radio ein und hörte die Nachrichten, die, täglich um neue Details ergänzt, schon seit Monatsanfang die

Schlagzeilen beherrschten: Der irakische Diktator war in Kuwait eingefallen. Mit sechzigtausend Soldaten hatte sich Saddam Hussein eines Fünftels der weltweiten Ölvorräte bemächtigt. Der Major suchte einen anderen Sender, gab es aber schließlich auf und schaltete das Radio wieder aus. Er hatte es satt, in immer neuen Worten die ewig gleiche Litanei von der Rezession zu hören, die das von der Regierung Collor verfügte Einfrieren sämtlicher Guthaben einschließlich privater Ersparnisse von mehr als fünfzigtausend Cruzeiros ausgelöst hatte. Er hasste Politik, die Kommentatoren gingen ihm auf die Nerven, Musik interessierte ihn nicht, und um diese Zeit gab es keinen Fußball. Da war ihm die Stille lieber.

Ein paar Blocks weiter bog er nach rechts in die Rua Joaquim Antunes. Sie befanden sich jetzt in einem Viertel mit Alleen und eleganten freistehenden Häusern aus der Zeit des ersten Baubooms zu Beginn des zwanzigsten Jahrhunderts, als die wohlhabenden Paulistanos sich in dieser westlich der damaligen Hauptstadt gelegenen Flussaue niedergelassen hatten.

Die Straßen waren leer, und auf den Bürgersteigen war kein Mensch zu sehen. Wenn die Bewohner dieses Viertels irgendwohin mussten, benutzten sie unweigerlich das Auto. Das Gedränge fremder Autofahrer, die diese Straßen nutzten, um die Staus zu umfahren, würde jedoch erst später einsetzen.

Der Major fuhr langsam und bedächtig durch den Kreisverkehr, damit die weiche Federung den deutschen Wagen nicht zu sehr in Schräglage brachte und den Jungen, den er gerade wieder einmal im

Rückspiegel musterte, nicht aus seiner Versunkenheit riss.

Einen Augenblick lang beneidete er ihn, ohne zu wissen, warum.

Es ist so einfach, glücklich zu sein. Ein Blatt Papier und eine Schachtel Buntstifte, mehr braucht es nicht, sagte er sich – als ihn die erste Kugel traf.

Sein geübtes Auge und sein geübter Geist registrierten ihn sofort, den großen, mit einer schwarzen Kapuzenjacke bekleideten Mann, der, die Kapuze tief ins Gesicht gezogen, mit einer langläufigen Magnum in der Linken auf ihn zielte und abdrückte. Der Mann war aus einem schwarzen Lieferwagen gesprungen, der sich dem Mercedes in den Weg gestellt hatte, während zwei kleinere Wagen den Fluchtweg nach hinten abschnitten. Gleichzeitig hatte hinter diesen eine schwarze Limousine angehalten. Aus den Kleinwagen sprangen weitere Vermummte und rannten auf ihn zu, zwei, drei, vier, fünf Männer mit gezückten Waffen, was haben die vor, was wollen die, fragte der Major sich, während seine rechte Schulter von der Kugel brannte, die sie durchschlagen hatte, und er sich zu dem Jungen umwandte, der aufgehört hatte zu zeichnen und ihn mit verständnisloser Neugier ansah, während er auf das Kind einschrie, ohne daran zu denken, dass es ihn nicht hören konnte, während er ihm zurief, es solle sich ducken, auf den Boden des Wagens legen, während er beobachtete, wie die vermummten Männer näher kamen, nur einer schoss, der mit der versilberten Magnum, der Hüne, der aus dem schwarzen Lieferwagen gesprungen war, aber der Junge rührte sich nicht, und der Major kam nicht an ihn heran, er spürte, wie ihn die nächste Kugel traf, diesmal in die linke Schulter, offenbar war der Kerl ein Elitekämpfer, der ihn nicht töten wollte, sonst hätte er auf seinen Kopf gezielt, er hat ein geübtes Auge für so was, sagte sich der Major und machte sich lang, bekam aber nur den schwarzgrünen Rucksack mit den Comicfiguren zu fassen, während gleichzeitig zwei Vermummte die Hintertüren des Benz aufrissen, worauf er sich auf den Vordersitz zurückfallen ließ, um nach der halbautomatischen Glock zu greifen, die er hinten im Hosenbund trug, er verfluchte sich dafür, das nicht gleich getan zu haben, aber da stand schon der mit der dunklen Kapuzenjacke neben ihm und feuerte drei Mal die .357 Magnum auf seinen Hals und Nacken ab.

Der Junge wurde von den Vermummten fortgezerrt, die aus den Kleinwagen gesprungen waren, sie stülpten ihm einen Sack über den Kopf und reichten ihn an den Fahrer des dunklen Lieferwagens weiter, der ihn zu seinem Wagen schleppte und in den Kofferraum warf.

Der Hüne mit der Magnum warf ein Stück Pappe auf den reglosen Körper des Majors. Zwei lange Nummern standen darauf. Ein mit einem Textmarker gemalter Pfeil wies von der ersten Zahlenreihe zur zweiten. Mit demselben Stift war auf die Rückseite der Pappe geschrieben: »Wir haben deinen Sohn.«

Die schwarze Limousine, eine Spezialanfertigung für Rollstuhlfahrer, und die beiden Kleinwagen wendeten und fuhren auf demselben Weg davon, auf dem sie zweiundvierzig Sekunden zuvor gekommen waren. Am Kreisverkehr trennten sie sich. Der Lieferwagen fuhr, nachdem er seine Passagiere wieder an Bord genommen hatte, geradeaus weiter.

Jetzt stand nur noch der große blaue deutsche Wagen auf der leeren Straße.

Neben ihm lagen die Buntstifte verstreut auf dem Asphalt.

Kapitel 2

Morgen
Montag, 20. August
10:56 Uhr

Selbst Kanaillen können gerührt sein, dachte Olavo Guaimiaba Bettencourt beim Anblick der tränenfeuchten Augen des Vorsitzenden der staatlichen Energiegesellschaft, als das Licht anging und die Vorhänge vor den großen Fenstern des Büros, die auf die Avenida Cidade Jardim hinausgingen, zurückgezogen wurden. Soeben hatten sie die Kurzfilme gezeigt, in denen die Bewohner einer abgelegenen Gegend ihre Freude über den Bau eines neuen Wasserkraftwerks bekundeten, dank dessen sie jetzt ans Stromnetz angeschlossen waren, gespeist aus einem großen See, der die Städte und Dörfer ebendieser Bewohner verschlungen hatte. Die bewegendste Aussage – sie stammte aus seiner Feder und war unter seiner Regie entstanden – war die einer Wäscherin mit faltenzerfurchtem Gesicht gewesen, die berichtet hatte, wie vor Jahren eines ihrer Kinder gestorben war, weil es damals noch keinen Brutkasten gegeben hatte, wie er seit Neuestem in der nahegelegenen Krankenstation zu finden war, und wie das elektrische Licht in der Abendschule es ihr nun ermöglichte, sich mit fast sechzig Jahren ihren Lebenstraum zu erfüllen: Lesen und Schreiben zu lernen. Zum Beweis hatte sie vor laufender Kamera in ungelenken Buchstaben auf eine Tafel die drei Worte gekritzelt: Danke, Herr Präsident.

Als der Chef der Abteilung für Öffentlichkeitsarbeit des staatlichen Energiekonzerns Beifall zu klatschen begann, taten alle Anwesenden es ihm nach. Ernesto Passeri, dem es zu verdanken war, dass Bettencourts Agentur den lohnenden Werbeauftrag erhalten hatte, zeigte lächelnd sein strahlendes Gebiss, das er dem teuersten Zahnarzt Brasiliens zu verdanken hatte. Er war hochzufrieden, weniger wegen des Eindrucks, den die Werbekampagne offenbar gemacht hatte – die Agentur hätte die Ausschreibung in jedem Fall gewonnen –, sondern wegen des Geflechts aus Gefälligkeiten, die dieser Auftrag nach sich ziehen würde – mit ihm, durch ihn und für ihn.

Nun war es an dem Mann in dem in London maßgeschneiderten Nadelstreifenanzug mit Hermès-Krawatte, dessen gedrungene Gestalt seine indianische Abstammung verriet, zu verhandeln, wie viel Prozent des für die Werbekampagne in Rechnung gestellten Budgets auf den Privatkonten landen würden, die der Präsident, der Minister und Passeri selbst in diversen Steuerparadiesen in der Karibik unterhielten. Das Budget war großzügig genug bemessen für ganzseitige Anzeigen in mehreren landesweit erscheinenden Zeitungen und Zeitschriften und einminütige Spots in den Werbepausen der wichtigsten Nachrichtensendung und der Acht-Uhr-Telenovela sowie für Anzeigen in diversen angesehenen ausländischen Magazinen. Welche das sein würden, stand noch nicht genau fest, aber sicherlich waren die *New York Times, Le Monde, Der*

Spiegel, El País und *Clarín* darunter, unter Umständen sogar eine doppelseitige Anzeige im *Time Magazine* – ein langgehegter Traum des Ministers. Es war an der Zeit, der Regierung des jungen und charismatischen brasilianischen Präsidenten auch international ein positives Image zu verpassen – samt aller guter Geschäfte, die sich daraus ergeben mochten. Natürlich war es einfacher, Prozente von nicht verbuchten Gewinnen aus Geschäften mit Ländern und Unternehmen in Asien einzustreichen. Aber das würde sich mit der Zeit noch ergeben, in zwei, drei Jahren vielleicht. Es machte keinen großen Unterschied. Der Präsident, vor fünf Monaten an die Macht gekommen, schwamm auf einer Woge der Beliebtheit wie kein anderer vor ihm seit Getúlio Vargas, die Opposition war kraft- und orientierungslos, alles in allem würde die Wiederwahl ein Kinderspiel werden, wie einer der beliebtesten Fernsehkommentatoren Brasiliens unermüdlich betonte. Jeder, der irgendwie von Interesse war, war gekauft. Überall in den Werbeagenturen und Medien fielen ein paar Peanuts ab, und in den Steueroasen häufte sich so allmählich ein Vermögen an, sechs Prozent hier, sieben dort, und von den größeren Rechnungen sogar elf oder fünfzehn. Bald würde er sich das neue Apartment in Manhattan zulegen können.

Immer noch applaudierend, stand Ernesto Passeri auf und ging um den Saarinen-Tisch mit der Marmorplatte herum zu Olavo Bettencourt, der es vorzog, nur seinen zweiten, französisch klingenden Nachnamen zu verwenden. Der Werbemann lächelte ihm mit jener falschen Bescheidenheit entgegen, die

Ernesto schon aus den Zeiten kannte, als beide noch ganz am Anfang ihrer beruflichen Laufbahn gestanden hatten, damals, als sie für die Buchführung einer Supermarktkette verantwortlich gewesen waren, die von den arroganten Kindern des Gründers der Kette geführt wurde, eines Portugiesen, der kaum lesen und schreiben konnte, es aber dank der Inflation und seiner Skrupellosigkeit in weniger als zehn Jahren zum Millionär gebracht hatte. Olavo und er hatten sich bei den drei Jungen revanchiert, indem sie ihnen Markenuhren, Skiurlaube und Begleiterinnen verschafften – ehemalige Schönheitsköniginnen und Seriendarstellerinnen, diskret für die beiden Älteren, ungeniert im Fall des jüngsten Sprösslings der Familie, von dem immer wieder in den Klatschspalten über Neureiche zu lesen war. Um den alten Liborio Freitas hatte Ernesto sich höchstpersönlich gekümmert und sich stundenlang immer wieder die Geschichten über den jungen Burschen aus Póvoa de Varzim angehört, der mit nichts als einem kleinen Bündel und der Adresse eines Onkels in Santos gelandet war, den Onkel jedoch nicht gefunden hatte und gezwungen gewesen war, sich in der neuen Heimat allein durchzuschlagen. Sie hatten beinahe so etwas wie Zuneigung zueinander entwickelt, der alte Mann und er, oder doch zumindest eine Gewohnheit, die die leeren Stunden des von seinen Söhnen verachteten Einwanderers füllte und so weit ging, dass der Alte ihm eines Tages – fast wie ein Warenpaket – Adélia ausgehändigt hatte, seine schüchterne und scheinbar beschränkte einzige Tochter. Ernesto hatte sie geheiratet, und sie hatte sich als gewieft genug erwiesen, ihre Brüder noch vor dem Tod des Alten aus dem stetig wachsenden Geschäft zu drängen. Zur Supermarktkette war inzwischen eine Handelskette mit preiswerten Textilien und eine weitere mit Möbeln und Haushaltsgeräten gekommen, und neuerdings kooperierte man mit einer Gruppe spanischer Unternehmer, die die großen Städte des brasilianischen Nordostens für den Massentourismus erschließen wollten. In diesen neuen Geschäftszweig hatten Adélia und er allerdings keinen einzigen Centavo gesteckt: Als Mitglied der neu gebildeten Regierung wurde er großzügig für seine Verbindungen entlohnt, die es ihm ermöglichten, die bürokratischen Hürden zu umgehen.

Während er Olavos Hand schüttelte und lauthals die Filme und Kampagnen lobte, die er selbst erdacht hatte, versuchte Ernesto, seinen Kompagnon in die andere Ecke des Zimmers zu lotsen, aber Olavo tat, als bemerke er das Manöver des heimlichen Teilhabers seiner Werbeagentur nicht, neigte sich stattdessen zu dem Vorsitzenden des Energiekonzerns hinüber und lud ihn zum Mittagessen in ein Grillrestaurant in der Rua Haddock Lobo ein, wo man immer auf bekannte Gesichter und Namen traf, mit denen sich der Vorsitzende nach seiner Rückkehr nach Brasília würde rühmen können. Der Vorsitzende, ein ehemaliger Senator, der wie alle Kandidaten seiner Partei in seinem heimatlichen Bundesland die Wahlen verloren hatte, willigte ein und verabschiedete sich gleich darauf von seinen Begleitern.

Ernesto blieb.

Der Vorsitzende des Energiekonzerns verkündete fröhlich: »Ich muss pissen«, und Olavo begleitete ihn bis zur Toilettentür. Erst als sie sich geschlossen hatte, sagte er, ohne sich zu Ernesto umzudrehen.

»Nein.«

»Was nein? Ich habe doch gar nichts gesagt und dich um nichts gebeten.«

»Nein, Ernesto.«

»Du hast dir noch nicht einmal angehört, was ich zu sagen habe, und sagst schon nein.«

»Genau.«

»Es geht nicht um mich, das weißt du ganz genau.«

»Ich weiß. Und die Antwort lautet nein.«

»Du sagst nein zu dem Minister, nicht zu mir.«

»Ich kann seiner Bitte nicht nachkommen.«

»Ich habe die Bitte noch gar nicht geäußert. Und es ist keine Bitte.«

»Es ist eine Bitte, und sie betrifft eines der Konten. Ich kann nicht noch ein Konto im Ausland eröffnen. Ich könnte das dem Aiaress gegenüber nicht rechtfertigen.«

»Wem gegenüber?«

»Dem Aiaress – dem International Revenue Service. Der Löwe der amerikanischen Steuerbehörde.«

»Seit wann kümmert dich die amerikanische Steuerbehörde?«

»Ich unterzeichne die Schecks für den monatlichen Unterhalt seiner Tochter in Stanford, für den Kurs für Theater-, Film- und Fernsehwissenschaft seines Sohnes an der New York University, ihre Kreditkarten laufen ebenso auf meinen Namen wie ihre Mieten und ihre Reisen. Und was, wenn der IRS herausfindet, dass diese Summen monatlich von einer Bank in der Karibik auf mein Konto überwiesen werden?«

»Das wird nie geschehen.«

»Und wenn es jemand von der brasilianischen Presse entdeckt?«

»Die Journalisten respektieren den Minister.«

»Bis zu dem Tag, an dem sie die Geschichte von dem armen Jungen aus dem Nordosten satthaben, der zum brillantesten Professor an der Universität São Paulo wurde. Der Minister fliegt mal wieder nach New York, nicht wahr? Er begleitet den Präsidenten zur Eröffnung der UNO, oder etwa nicht? Und danach zu einem großen Fest zu seinen Ehren.«

Ernesto nickte bestätigend.

»Die gesamte brasilianische Presse wird ihn im Auge haben, beobachten, was er tut, was er isst, wohin er geht, mit wem er dorthin geht und wann er seine Kinder besucht.«

»Du weißt nicht, was der Minister von dir will. Du weißt nicht, wofür er dich braucht.«

»Ist das eine Bitte oder eine Drohung?«

»Olavo, ich denke, ich muss dich nicht an deine eigenen Interessen und an die deines Unternehmens erinnern.«

»Agentur, Ernesto. Ein Unternehmen ist was für Industrielle, ich bin kreativ.«

»Das ist doch egal. Auf jeden Fall will der Minister, dass du …«

»Jetzt nicht.«

»Jetzt. Heute, spätestens morgen.«

»Ich stecke gerade in gewissen Schwierigkeiten.«

»Persönlicher oder beruflicher Art?«

»Persönlich.«

»Darüber reden wir ein anderes Mal. Der Minister möchte, dass du für ihn eine Wohnung in Central Park South bezahlst, die ihm gefällt. Neben dem Plaza Hotel.«

»Ideal, um sich ungesehen mit Investoren oder mit der Geliebten zu treffen.«

»Das geht weder dich noch mich was an. Am besten wäre es, du würdest noch heute Abend nach New York aufbrechen.«

»Heute Abend? Das geht nicht. Völlig ausgeschlossen. Ich kann die Agentur nicht einfach so sich selbst überlassen.«

»Dann eben morgen. Ich habe schon zwei Tickets besorgt. Erster Klasse natürlich. Du fliegst mit deiner Frau. Nimm Mara mit, drück ihr eine Kreditkarte in die Hand, sieh dir mit ihr ein Musical auf dem Broadway an, tu einfach so, als wäre es eine Vergnügungsreise. Die Wohnung bezahlst du cash.«

»In bar? Habt ihr den Verstand verloren? Hast du vergessen, dass Al Capone nur wegen der Einkommensteuer im Kittchen gelandet ist?«

»Du bist nicht Al Capone, und wir sind keine Gangster. Wir sind nichts weiter als Geschäftsleute, die sich dem Allgemeinwohl verpflichtet sehen und vernünftige Pläne haben, aus Brasilien ein Land der Ersten Welt zu machen. Du wirst das Geld verwenden, das jeden Monat auf dein Konto bei dieser israelischen Bank überwiesen wird. Das FBI weiß Bescheid und drückt ein Auge zu, weil sie diese Bank bei Bedarf ebenfalls nutzen. In den mehr als vierzig Jahren seit Bestehen dieser Bank ist noch nie ein Kunde in Schwierigkeiten geraten.«

Ernesto hielt ihm eine Visitenkarte hin.

»Das ist der Makler.«

Olavo nahm die Karte, las und sagte dann:

»Brasilianer.«

»Kubaner. Aber er hat das Z am Ende des Namens gegen ein S vertauscht, damit es brasilianischer aussieht. Er macht schon seit den Siebzigern Geschäfte mit Brasilianern und Portugiesen.«

Das Geräusch der Toilettenspülung ließ sie verstummen. Der Vorsitzende der staatlichen Energiegesellschaft kam heraus, immer noch damit beschäftigt, sich die Hände an einem hellblauen Leintuch abzutrocknen. Olavo fragte sich, warum er nicht die Handtücher benutzt hatte, die neben dem Waschbecken lagen. Und was das wohl für Menschen waren, die heutzutage noch Leintücher mit sich herumtrugen.

Kapitel 3

Morgen
Montag, 20. August
07:12 Uhr

Ich bin nicht glücklich mit dir, übte sie mit geschlossenen Augen, während durch die Badezimmertür hinter ihr das Rauschen von Olavos irritierend langem Aufenthalt unter der Dusche erklang. Typisch Indio, dachte sie auch an diesem Morgen, wie so oft in den letzten fünf Jahren, seit sie ihm verkündet hatte, dass sie schwanger sei, woraufhin er sich von seiner damaligen Frau hatte scheiden lassen und sein gesellschaftlicher und wirtschaftlicher Aufstieg bis hin zum Inhaber der kreativsten und meistprämierten Werbeagentur der letzten zehn Jahre begann. Aber ich kann nicht einfach zu ihm sagen: Ich bin nicht glücklich mit dir. Das wird ihn so wütend machen, als würde ich gestehen, dass ich einen Liebhaber habe. Besser, ich drehe den Spieß um. Schiebe ihm die Unzufriedenheit zu. Olavo, du bist nicht glücklich mit mir. Oder vielleicht: Olavo, ich mache dich nicht glücklich. Nein, das kann ich nicht zu ihm sagen, das wird nicht funktionieren. Er ist ja glücklich mit mir. Ich mache ihn glücklich. Ich bin alles, was er sich je erträumt hat. Mehr. Ich bin das, was zu besitzen er nie zu hoffen gewagt hat. Ich bin diejenige, die das alles nicht länger erträgt.

Ich ertrage diesen aufgeblasenen Typen nicht mehr, der stöhnend auf mir liegt und seinen langen Schwengel in mich stößt, bis ich Koliken bekomme, und dann noch erwartet, dass ich sage: Oh, oh, Olavo, ah, ah, oh, Olavo, ah, ah, ah. Olavo, Olavo, Olavo, es reicht. Es reicht. Es lohnt sich nicht. Der Preis, den ich zahle, ist zu hoch, trotz dem Haus in Jardim Paulistano, trotz der Bettwäsche aus feinster ägyptischer Baumwolle, trotz der Kleider von Versace, der goldenen Rolex, dem Strandhaus in Maresias, der Wohnung meiner Mutter in Porto Alegre, dem Benz samt Chauffeur, den sechs Hausangestellten, trotz der Flüge erster Klasse, der Skiurlaube in Aspen, der endlosen Shoppingtouren in Miami, der Dinner in Paris, dem Apartment in der Zweiundsiebzigsten Straße in Manhattan. Das ist es nicht wert. Nichts von alledem.

Sie öffnete die Augen. Auf dem Nachttisch stand neben einer italienischen Lampe der silberne Bilderrahmen, den sie in dem Laden gekauft hatte, vor dem Audrey Hepburn in diesem berühmten Film auf dem Rückweg von einer Nummer mit einem Kunden stehen bleibt und das Schaufenster betrachtet, während sie dieses Lied singt und einen Hotdog isst, der Laden, in dem Olavo ihr ihren ersten Diamantring gekauft hatte, noch bevor sie verheiratet waren. In dem Rahmen steckte das Foto, das er ausgesucht hatte, ein Schwarzweißfoto (er fand Schwarzweißfotos schicker), auf dem sie zu dritt auf einem altmodischen Sofa saßen, sie, Olavo und Olavinho – über den Namen hatte er entschieden, sie hätte das Kind lieber Rodrigo, William oder Leonardo genannt –, sie in einem Kleid, das aussah wie von Chanel, aber sexyer, wie von Versace, in Wirklichkeit aber bei Bloomingdale's gekauft war, sie mit dem Ehemann zur Rechten und dem Sohn zur Linken, die beiden Männer lächelnd, sie nur halb, und alle drei den Blick direkt in die Kamera gerichtet.

Sie schloss die Augen.

Sie hasste dieses Foto.

Mein Gott, dieses schwabbelige Kind. Und ich bin die Mutter dieser Kreatur. Dieses dunkelhäutigen, fast schwarzen Jungen, noch dunkler als sein Vater, mit diesen Pausbacken und diesem Blick, der sagt »Ich brauche dich«, immer braucht er mich, er will, dass ich ihn bemitleide, dass ich ihn halte und streichle, dass ich ihn umarme und küsse, ihn liebkose, ihm zuhöre, wenn er erzählt, mit ihm spiele, das Blatt betrachte, auf das er irgendeinen Kinderkram gekritzelt hat, eine weitere Superheldenfigur in die Hand nehme, die sein Vater ihm geschenkt hat, mir anhöre, was er alles in der Schule gelernt hat, was einer seiner kleinen Freunde gesagt hat, mir sein aufgeschürftes Knie ansehe, wenn er hingefallen ist, o mein Gott, dieses ewig bettelnde, ewig jammernde Kind, was für ein Graus. Was für ein Graus.

Nein. So darf ich nicht denken. So darf ich nicht fühlen. Ich darf mich nicht vor meinem Sohn ekeln, ich darf nicht, ich darf nicht. Ich muss mein Kind lieben. Ich muss. Alle Mütter lieben ihre Kinder, und ich liebe meinen Sohn, ich liebe meinen Sohn, ich empfinde keinen Widerwillen gegen meinen Sohn, sondern Liebe. Liebe, Liebe, Liebe. Ich liebe mein Kind. Ich liebe mein Kind. Ich liebe meinen Sohn, meinen kleinen Indio, der fett und ölig ist wie sein Vater, seinem Vater bis aufs Haar gleicht, bis auf jedes einzelne dieser dicken schwarzen Haare, jeden Zentimeter dieser öligen Haut, bis auf die Plattfüße und die X-Beine, bis auf den weichen Bauch, die auseinanderstehenden Zähne, die breite Nase. Und ich ekele mich nicht vor meinem Sohn. Nein, das tue ich nicht. Das kann nicht sein. Und so ist es auch nicht. Ich liebe meinen Sohn. Ich liebe ihn. Liebe ich ihn?

Das Rauschen der Dusche war verstummt.

Jetzt rasiert er sich, dachte Mara. In den nächsten Minuten wird er sich die schlaffen Wangen einseifen und darauf warten, dass seine spärlichen Indiobartstoppeln weich werden, damit er sie abschaben kann. Er wird eines der vielen französischen Aftershaves auftragen, die er zusammen mit den vielen Parfüms in einem Duty-Free-Laden am Flughafen von Paris gekauft hat und die auf der Ablage über dem Waschbecken stehen und alle zu stark riechen, und dann den Deoroller benutzen, den er gleich dutzendweise in der Drogerie in der Nähe unseres Apartments in der Zweiundsiebzigsten kauft. Dann wird er die Tür öffnen, nackt und schon mit halb erigiertem Schwanz, und zu mir kommen, er wird das Laken zurückziehen, das mich bedeckt. Mein Negligé anheben und sich an mich drücken. Genau, wie er es jetzt gerade tut. Und er wird sagen, wie er jetzt gerade sagt:

»Mara … Mara …«

Und ich werde so tun, als würde ich gerade aufwachen, ich werde stöhnen, weil ich weiß, dass ihn das noch mehr erregt. Und er wird wieder sagen:

»Mara … Mara …«

Ich werde wieder stöhnen und mich an ihn pressen, sodass ich seinen pulsierenden Schwanz an der Stelle zwischen meinem Hintern und meinen Schenkeln fühlen kann, die ich ein wenig spreizen werde. Wieder werde ich stöhnen, immer noch mit geschlossenen Augen. Ich werde irgendetwas murmeln und meinen Rücken an seiner Brust und seinem Bauch reiben.

»Mara, Mara«, wird er wieder sagen und mit der einen Hand meine Brüste umfassen, während er seine dicken Schenkel zwischen die meinen drückt.

»Hmmm … Ah … Hmmm«, werde ich machen, wie es jede Frau tun sollte, die von den Zärtlichkeiten ihres geliebten Ehemanns geweckt wird. Vielleicht sage ich seinen Namen, ja, das ist eine gute Idee, ich werde seinen Namen sagen und dabei ein wenig seufzen und überrascht tun. »Olavo … hmmm … Ah … was machst du denn da, ah, hm, Olavo?«

»Liebes« – das ist normalerweise der Moment, in dem er anfängt, mich »Liebes« zu nennen –, »Liebes, ich bin verrückt nach dir«, wird er sagen, so wie er es jetzt tut, und mich umdrehen und dann meinen Hals küssen, eigentlich leckt er ihn eher ab, als dass er ihn küsst, mit seiner rauen Zunge, während er mir gleichzeitig das Negligé bis über die Hüften hinaufschiebt.

Das ist der Augenblick, in dem ich ganz ruhig halte, damit er mir mein Negligé ausziehen kann, ohne es zu zerreißen oder ein Loch hineinzumachen, wie das schon manchmal vorgekommen ist. Ich sage kein Wort, seufze nur ein bisschen lauter und verdrehe meine blauen Augen, öffne leicht die Lippen, auf die er die seinen pressen wird, bevor er seine harte, ungeduldige Zunge, die immer noch nach der Minze der amerikanischen Kariesschutzcreme schmeckt, dazwischenschiebt und in meiner Mundhöhle kreisen lässt.

Er legt sich ganz auf mich.

Nähert sein Gesicht noch mehr dem meinen, bis meine Nase plattgedrückt ist, und leckt mich mit seinem Pfefferminzspeichel ab.

Er ist sehr schwer.

Ich bekomme kaum noch Luft.

Also winde ich mich unter ihm hervor, setze mich auf ihn, werfe mein blondes Haar zur Seite und reibe meine Brüste an seiner Brust.

»Liebes, Liebes, du machst mich verrückt«, sagt er oder etwas in der Art. Und ich ... ich ...

Mara richtet sich plötzlich auf, springt aus dem Bett und rennt ins Bad, nur eine Minute, sagte sie, Liebster, es geht ganz schnell, nur ein Minütchen.

Sie schließt die Tür.

Schafft es gerade noch bis zur Toilettenschüssel, bevor sie sich in das Wasser übergibt, das noch gelb von Olavos Urin ist, weil er nie spült. Sie geht zum Waschbecken und wäscht sich das Gesicht. Die Tränen strömen unaufhaltsam. Wieder wäscht sie sich das Gesicht. Atmet tief durch, ein, zwei, drei, vier Mal. Die Tränen versiegen. Die Scham, die sie über sich selbst empfindet, nicht.

Sie öffnet den Schrank, nimmt die Tube mit dem Gleitgel heraus, schraubt sie auf, presst sie aus (sie ist fast leer, sie muss daran denken, neue zu kaufen) und führt das Gel in ihre Scheide ein.

Dann wäscht sie sich die Hände, trocknet sie ab und zerzaust ihr Haar.

Sie schenkt ihrem Spiegelbild das aufrichtig glücklichste und erregteste Lächeln, das sie zustande bringt. Nicht gut genug. Sie versucht es noch einmal. Besser.

Sie atmet tief durch.

Drückt die Spülung, bis Urin und Erbrochenes spurlos verschwunden sind.

Jetzt öffnet sie die Tür, ihre umwerfende nackte Gestalt eine Mischung aus Genen von Einwanderern von den Azoren, aus Holstein und dem Piemont, eine Silhouette im Morgenlicht, das durch die aus Florida importierten Holzjalousien fällt. Sagt zu dem Mann, der im King-Size-Bett auf sie wartet und mit seinem Penis spielt, was sie zu all den anderen gesagt hat. Zu den Männern, die genauso auf sie warteten, in Hotel- oder Motelzimmern, als auf ihrer Visitenkarte noch »Model und Mannequin« stand und sie als Hostess für Manager zwischen Porto Alegre, São Paulo und Rio pendelte und sich Pamela oder Vanessa oder Claudia oder Isadora nannte:

»Ich bin ganz die Deine, Süßer.«

Kapitel 4

Morgen
Montag, 20. August
08:22 Uhr

Irene Bauer schüttete das Maniokmehl in die heiße Pfanne, in der nicht ein Tropfen Öl war, ganz so, wie Doutor Olavo es mochte und ihr beigebracht hatte. Sie wusste, wie man sich bei den Herrschaften beliebt machte, und so hatte sie im Handumdrehen gelernt, wie man perfekte Tapiokas zubereitet, obwohl sie nie zuvor welche gesehen hatte. Töpfe, Herde, Pfannen, nichts in Küche und Haus war ihr fremd. Sie lernte rasch, schon als kleines Mädchen im Hinterland von Santa Catarina hatte sie alles zubereiten können, wenn man es ihr nur zeigte oder ihr ein Rezept gab. Sie war sehr gut im Lesen und Rechnen, vielleicht sogar besser als ihr Mann Stephan. Deshalb war es, seit sie in Anitápolis die Schule besucht hatte, ihre Aufgabe gewesen, erst den Eltern das Haushaltsbuch zu führen und später dann ihr eigenes, als sie am Rande einer Stadt bei Santa Rosa de Lima gewohnt hatte, und jetzt hier, wo Stephan und sie für die nächsten zehn, zwölf Jahre den Herrschaften den Haushalt führen würden, bis sie genug zusammengespart hatten, um zu den Wasserfällen, den Pinienhainen und den grünen Hügeln zurückzukehren, nach denen sie sich so sehr sehnte.

Die Tapioka löste sich vom Pfannenboden. Sie war fertig. Irene legte sie auf einen Teller, füllte sie mit Rauchfleisch mit Sahne, streute ein wenig Sesam darüber und trug den Teller zum Frühstückstisch, an dem Doutor Olavo vor importierten Fruchtgelees und anderen saß, die sie selbst machte, die er aber nie anrührte. Er trank keine Milch und keinen Saft, aß weder Joghurt noch Obst und auch keine frische Dickmilch, nicht den Toast und nicht das Vollkornbrot, nicht das Baguette und weder den Bananen- noch den Orangenkuchen. Nichts: nur schwarzen Kaffee und Tapioka. Er wollte, dass alles auf den Tisch kam, was von seinem Wohlstand zeugte, aber zum Frühstück aß er nur Tapioka und trank dazu schwarzen Kaffee. Nur die Füllung der Tapioka variierte.

»Soll ich noch ein paar machen, Doutor?«

Er frühstückte allein. Sprach nicht. Blätterte in den Zeitungen, die er nur hin und wieder sinken ließ, um im Fernsehen eine Meldung zu verfolgen, die ihn zu interessieren schien. Irene hatte schon bemerkt, dass es immer politische Nachrichten waren. Oder die Formel 1. Manchmal ging es auch um Tennis.

»Ja, machen Sie ruhig. Haben Sie Karamellcreme da?«

Seine Frau kam erst später herunter. Sie aß einen Naturjoghurt mit Müsli und ein wenig Obst, trank einen Kaffee – und das war's. Sie war immer auf Diät. Sie war die einzige Südbrasilianerin, die Irene kannte, die keinen Mate-Tee mochte – Mate war ihr nicht vornehm genug. Sie wurde auch nicht gern daran erinnert, dass sie aus dem Süden des Landes kam.

»Ja. Und wir haben auch dieses süße Zeug, das extra aus dem Norden für Sie gekommen ist.«

»Cupuaçu?«

»Genau. Es steht hier auf dem Tisch. Neben der Orangenmarmelade.«

Sie beugte sich vor, griff nach beidem, stellte es vor den Herrn hin und ging zurück an den Herd. Bald hatte die Pfanne die richtige Temperatur, und sie streute das gräuliche Mehl hinein.

Der Sohn von Doutor Olavo und Dona Mara hatte schon gefrühstückt. Anders als in den letzten Wochen hatte er nicht warten können, bis sein Vater ihn zur Schule brachte, und war stattdessen mit dem Chauffeur der Mutter und einem Bodyguard aufgebrochen, um etwas für eine Feier für den englischen Konsul vorzubereiten. Irene wusste, dass die Schule, auf die er ging, irgendetwas mit dem Land von Prinzessin Diana zu tun hatte. Olavinho lernte auf Englisch, Lesen, Rechnen, alles. Das war die Sprache, in der in seiner Schule unterrichtet wurde und in der sein Vater mit ihm redete, wenn er mit ihm redete, wenn er Zeit hatte, denn das hatte er nur selten, immer musste er arbeiten, flog nach Brasília oder in die USA oder ging zu Banketts und Festen. Olavinho war lebhaft und unruhig, er rannte die ganze Zeit durchs Haus und redete viel, plapperte unablässig, stellte dauernd Fragen, ohne die Antworten abzuwarten. Das Gegenteil des immerzu schweigsamen Sohnes von Irene und Stephan.

Die neue Tapioka war fertig. Irene legte sie auf einen anderen Teller.

»Soll ich sie mit Karamellcreme füllen oder mit dem anderen?«

»Stellen Sie sie nur einfach hier hin, ich fülle sie mir selbst, Irene.«

Olavo steckte den silbernen Christofle-Löffel in die Karamellcreme, nahm sich eine üppige Portion und verteilte sie auf der Tapioka.

»Sie brauchen keine mehr zu machen«, sagte er mit vollem Mund und stand auf. »Ist der Fahrer meiner Frau schon zurück?«

»Noch nicht. Aber Ihr Fahrer wartet schon.«

»Nachdem er mich in der Agentur abgesetzt hat, wird er sich Doutor Ernesto zur Verfügung stellen. Der kommt heute aus Brasília hier an und hat verschiedene Erledigungen in Geschäften, die mein Fahrer besser kennt. Sagen Sie dem Major, ab sechs Uhr abends soll er für mich bereit sein. Er soll den Wagen in der Garage im Untergeschoss parken. Ich komme zum Abendessen nach Hause. Richten Sie das Dona Mara aus.«

Irene nickte, und der Chef ging hinaus.

Durch das Fenster sah sie ihn zu dem gepanzerten Mercedes-Benz hinübergehen und hinter dem Chauffeur einsteigen. In diesem Augenblick öffneten die beiden bewaffneten Männer das Tor, und der blaue Wagen kam herein und hielt neben dem gepanzerten Fahrzeug. Der Chef ließ die Scheibe herunter, sprach kurz mit dem Major und kurbelte die Scheibe wieder hoch. Dann fuhr sein Wagen davon. Der Major stieg aus und ging auf das Wohngebäude der Wachleute zu. Irene rief ihn zu sich. Langsam kam er näher, fast unmerklich hinkend.

»Doutor Olavo hat eine Nachricht für …«

»Ich weiß«, unterbrach er sie. Er erinnerte Irene immer an eine tickende Zeitbombe. »Er hat es mir schon gesagt.«

»Sie sollen ihn …«

»Ja«, sagte er, drehte ihr den Rücken zu und setzte seinen Weg zu den Unterkünften fort.

Der winzige weißblonde Junge, der neben der Tür auf dem Boden saß, schien gar nicht zu bemerken, dass der Major an ihm vorbeiging. Er hatte einen Rucksack neben sich stehen, denn er wartete darauf, in die Sonderschule gebracht zu werden. Irene würde ihn hinbringen, sobald sie in der Küche fertig war. Sie hatte gerade die Gelees und die Butter in den Kühlschrank geräumt, als die Hausherrin hereinkam, geschminkt und zum Ausgehen gekleidet. Irene war überrascht. Dona Mara kam sonst nie vor halb zehn, zehn herunter, was ihr gerade genug Zeit ließ, um den Jungen zur Schule zu bringen und zurückzukommen. Diese Unterbrechung ihrer Routine machte sie ratlos. Zweifelnd holte sie einen Joghurt aus dem Kühlschrank, dessen Tür immer noch offen stand.

»Ich möchte keinen Joghurt«, verkündete Dona Mara. »Ich werde gar nichts essen.«

»Nicht einmal einen …?«

»Nichts, Irene. Mein Junge …«

»Eine Birne? Es gibt Papaya. Und Melone.«

»Nichts. Ist mein Junge schon mit seinem Vater zur englischen Schule gefahren?«

»Heute ist er mit dem Major gefahren. Vielleicht einen Kaffee, Dona Mara?«

»Um wie viel Uhr ist er los?«

»Um halb sieben. Soll ich Ihnen einen Espresso machen?«

»So früh. Fährt er immer um diese Uhrzeit? Jeden Tag?«

»Früher war das seine Zeit, aber in den letzten Wochen hat Doutor Olavo ihn später hingefahren. Ich mache Ihnen einen Espresso. Man muss nur hier einschalten«, sagte sie und zeigte auf die De'Longhi-Maschine, die Olavo aus Mailand mitgebracht hatte.

»Weint der Junge? Beschwert er sich?«

»Darüber, dass er so früh aufstehen muss? Nein, Senhora. Möchten Sie einen Toast? Ich kann Ihnen einen Toast machen.«

»Das Kind sagt nichts?«

»Er redet viel. Sie kennen ihn ja. Er fragt dies und das, fragt nach Ihnen, fragt nach seinem Vater. Ein sehr neugieriges Kind.«

»Hol meinen Chauffeur. Weiß er, wo die englische Schule liegt?«

»Ja, Senhora, der Major weiß es. Er hat ihn früher immer hingefahren.«

»Major?«

»Der Chauffeur. Er war bei der Militärpolizei. Der weiß, wo die Schule ist. Ihr Kaffee ist in einer Minute fertig.«

»Militärpolizist?«

»Er ist auch Bodyguard. Doutor Olavo sagt, er ist der Beste.«

»Dieser Große, Dünne?«

»Ja, Dona Mara. Ich habe auch Biskuits. Sahnebiskuits. Die habe ich gestern gemacht. Ich hole Ihnen eins. Die schmecken gut zum Kaffee.«

Die blonde, geschminkte Frau in Schuhen und Kleidern, die sie erst kürzlich im dreistöckigen Geschäft eines kalabrischen Schneiders auf der Fifth Avenue in Manhattan erstanden hatte, sah aus dem Fenster. Sie sah einen sehr hellhäutigen, sehr blonden und sehr stillen kleinen Jungen vor der Schwelle der Unterkünfte für die Wachleute sitzen. Einen Augenblick lang war sie wie gelähmt. Sie fühlte, wie ihr ein Schauer über den Rücken lief, und wusste nicht, ob es eine Vorahnung war oder daran lag, dass sie zum ersten Mal bemerkte, wie unglaublich schön das Kind war.

»Dein Sohn …« Sie deutete auf das Kind.

»Ja, Senhora, das ist er.«

»Dein Sohn ist sehr still.«

»Ja, Senhora.«

»Ich habe ihn noch nie ein Wort sagen hören.«

»Nein, Senhora.«

»Er schreit nicht und weint nicht.«

»Nein, Senhora.«

»Er …«

»Nein, er spricht nicht, Senhora.«

»Nicht ein Wort? Nie?«

»Er hört auch nichts.«

»Er hört …?«

»Nein. Nie.«

»Aber er ist so ein …«

»Dumm ist er nicht, Senhora.«

»Das wollte ich nicht sagen.«

»Viele Leute denken, dass er zurückgeblieben ist,

weil er nicht hören und nicht reden kann. Aber das ist er nicht.«

»Wie heißt er?«

»Ihr Kaffee ist fertig. Möchten Sie Zucker oder Süßstoff dazu?«

Mara nahm die kleine Kaffeetasse und trank zwei Schlucke. Sie liebte Heißgetränke: Kaffee, Tee, sogar Mate – aber den wollte sie trotzdem nie wieder trinken.

Sie öffnete ihre Tasche, wühlte darin, fand nicht, was sie suchte.

»Hast du eine Zigarette für mich, Irene?«

»Ich rauche nicht, Senhora. Soll ich Stephan losschicken, ein Päckchen holen?«

»Nicht nötig. Sicher hat einer der Wachleute welche. Besorg mir eine.«

Während Mara wartete, wanderte sie ziellos in der Wohnküche auf und ab. Auf dem Tisch waren noch die Spuren zu sehen, die ihr Mann hinterlassen hatte: zerknüllte Zeitungen, der ordentlich zusammengelegte Wirtschaftsteil. Die auf den Stuhl geworfene Serviette. Die Tasse mit einem Rest Kaffee darin. Der Teller mit einer angebissenen Tapioka, aus der Karamellcreme quoll.

Sie trat wieder ans Fenster. Der kleine Junge saß immer noch reglos an derselben Stelle. Ein Teil des Rückens des Chauffeurs war zu sehen – er trug keine Jacke, und aus seinem Hosenbund lugte eine Pistole hervor.

Irene kam zurück. Sie hatte eine einzige Zigarette und ein Feuerzeug dabei. Mara griff danach, zündete sich die Zigarette an, nahm einen tiefen Zug, stieß den Rauch aus und drückte die Zigarette in der Karamellcreme aus.

»Sag dem Chauffeur, dass ich jetzt loswill. Ich hole Olavinho von der englischen Schule ab.«

»Jetzt?«

»Jetzt.«

»Er hat aber bis zwei Uhr Schule.«

»Ich hole jetzt meinen Jungen. Ich gehe mit ihm shoppen, danach gehen wir essen und dann ins Kino. Ich werde den heutigen Tag mit meinem Sohn verbringen.«

Irene rührte sich nicht.

»Na los, hol den Chauffeur.«

»Dona Mara …« Die Hausangestellte zögerte. »Es ist nur … Der Major …«

Irene fürchtete, die Chefin zu verärgern. Vielleicht würde Dona Mara ihre Bitte unverschämt finden.

»Es ist nur, weil der Major um diese Uhrzeit normalerweise … Wenn er Olavinho in der Schule abgeliefert hat und Sie ihn noch nicht brauchen, dann … dann bitte ich den Major … Es geht ganz schnell, nur damit ich keine Zeit verliere … Und weil doch das Auto sowieso schon draußen steht …«

Mara wartete darauf, dass die rundliche Provinzlerin mit ihrer Erklärung zum Ende kam.

»Damit ich wieder zurück bin, wenn Sie zum Frühstück runterkommen, fährt der Major … Damit alles schneller geht, wo es doch in der Stadt so viele Staus gibt, und ich … Bevor ich im Sammeltaxi oder mit dem Bus fahre … Da bitte ich ihn …« Sie nahm ihren Mut zusammen und stieß in einem Atemzug hervor: »Ich bitte ihn, dass er mich und meinen Jungen zur Schule fährt, mit dem Auto, dass er uns mitnimmt. Meinen Jungen und mich, aber wir sitzen vorne, nicht auf dem Rücksitz, oh nein, ich weiß, dass der für die Herrschaften ist, wir sitzen bei ihm, beim Major, neben ihm, und jetzt müsste er los, mein Junge, sonst kommt er zu spät zum Unterricht und …«

»Ich nehme deinen Jungen im Auto mit, Irene, und lasse ihn an der Schule raus. Du kannst hierbleiben. Und jetzt hol den Chauffeur.«

Kapitel 5

An einem Abend der Woche zuvor
Dienstag, 14. August
21:41 Uhr

Die Türglocke erklang vier Mal in dem Zimmer, das Schlaf- und Wohnzimmer zugleich war, vier kurze Schläge, die den Major aus seinem Halbschlaf vor dem Fernseher hochfahren und mit einer automatischen Handbewegung nach der 22er Glock auf dem Tisch greifen ließen, der mit Bierdosen, einem leeren Pizzakarton und mehreren Videohüllen (er vergaß immer, die Kassetten zurückzustecken) übersät war. Er entsicherte die Pistole.

»Wer ist da?«

»Ich bin's, Vater«, antwortete eine raue Frauenstimme, in der noch kaum merklich ein kindlicher Klang mitschwang.

»Ich bin allein. Sie können aufmachen.«

Die Wohnung war so winzig, dass er nur den Arm auszustrecken brauchte, um aufzuschließen und die beiden Riegel zurückzuschieben. Barbara trat ein und machte die Tür hinter sich zu. Der Major schloss ab und schob die beiden Riegel wieder vor.

»Muss das alles sein?«, fragte sie und suchte nach einem Platz, an dem sie ihren schweren Rucksack abstellen konnte. »Sie sind völlig paranoid, Vater.«

»Stell ihn hierhin.« Er zeigte auf den Tisch, sicherte

dann die Pistole und steckte sie in den hinteren Hosenbund, fegte die Videohüllen beiseite, nahm den Pizzakarton, faltete ihn und trug ihn zum Waschbecken, das sich neben dem Herd mit den beiden Kochplatten in dem fensterlosen Kabuff befand, das Makler gerne als »Kompaktküche« bezeichneten.

Barbara stellte den Rucksack ab, zog die marineblaue Nylonjacke aus und hängte sie darüber. Dann zupfte sie die Bluse und den blaugrau gestreiften Pullover über ihrem mageren Körper zurecht. Sie hatte die längliche bleiche Gestalt ihres Vaters geerbt, so wie dieser sie vom Großvater geerbt hatte, einem Kuhhirten in den Savannen des Sertão von Paraíba, wo sich die holländischen Invasoren seit Jahrhunderten mit den angolanischen Dienstmädchen vermischt hatten.

Sie war eine ungelenke junge Frau, der die Leichtigkeit und Sorglosigkeit anderer Mädchen ihres Alters fehlten. Der Major befürchtete, dass sie irgendwann demselben Desinteresse dem Leben gegenüber verfallen könnte wie er, wusste aber nicht, wie er das verhindern sollte. Oder wie er es ansprechen könnte.

»Ich habe Durst. Haben Sie eine Cola?«

»Wasser.«

»In Ordnung.«

Der Major nahm eines der Gläser, die im Spülbecken standen, wusch es ab, füllte es aus einer Flasche, die einmal eine Limonadenflasche gewesen war, und reichte es seiner Tochter. Sie trank nur einen Schluck. Eigentlich war sie gar nicht durstig, aber sie wusste nicht, wie sie das Gespräch mit ihrem Vater beginnen sollte. Sie wusste nie, wie sie ein Gespräch mit ihrem Vater beginnen sollte. Im Grunde genommen wusste sie nicht, wie man überhaupt ein Gespräch begann.

»Sie trinken also keine Erfrischungsgetränke, Senhor.«

Er wusste nicht mehr, ob er sie dazu erzogen hatte, ihn zu siezen, oder ob es ohne sein Zutun geschehen war, aber es gefiel ihm. Kinder sollten ihre Eltern respektieren. Außerdem redeten die meisten Menschen ihn so an. Mit Senhor. Nein, Kind, ich trinke keine Erfrischungsgetränke, vielleicht mag ich sie nicht, oder vielleicht mag ich sie sogar, ich weiß es nicht, ich war es nie gewohnt, Erfrischungsgetränke zu trinken, weder zu Hause noch irgendwo sonst, bei uns gab es nur an Festtagen Limonade, vielleicht mal sonntags oder wenn jemand zu Besuch kam und welche mitbrachte, in der Kaserne gab es Wasser oder Mate oder Orangensaft zum Essen, für mich war Wasser immer gut genug, schließlich geht es bloß darum, den Durst zu löschen, wollte er sagen, aber er schwieg, stand einfach nur zwischen der Küchentür und dem vorderen Teil der Wohnung, der als Wohnzimmer diente.

Barbara machte Anstalten, das Glas auf dem Wohnzimmertisch abzustellen, überlegte es sich dann aber anders. Es war gut, etwas zu haben, woran man sich festhalten konnte, wenn man nicht wusste, was man sagen sollte und wie man es sagen sollte.

»Vater …«, begann sie zaghaft.

»Was machst du um diese Zeit hier? Und was ist in dem Rucksack?«

»Meine Bücher. Besser gesagt, meine Hefte.«

Barbara nahm das Glas in die andere Hand und trank noch einen Schluck. Mit der freien Hand strich sie sich eine Strähne ihres braunen Haars hinters Ohr zurück.

Der Major beobachtete die Gesten seiner Tochter. Wenn er sie so interpretierte, wie er es auf der Polizeischule gelernt hatte, ließen sie nur den Schluss zu, dass die Anspannung der jungen Frau in Jeans und Turnschuhen vor ihm weniger davon herrührte, was sie ihm zu erzählen hatte, als davon, was sie zu verschweigen versuchte, um sich und andere Beteiligte nicht in Verlegenheit zu bringen.

»Ich studiere hier in der Nähe.«

Aber er wollte seine Tochter nicht einem Verhör unterziehen, wie er es mit zahllosen anderen jungen Mädchen in den Randbezirken dieser gleichgültigen Stadt getan hatte. Er hatte Barbara kaum zu Gesicht bekommen, als er noch mit ihrer Mutter verheiratet gewesen war, und erst recht nicht, seit sie sich vor sechs Jahren getrennt hatten. Die vierzehntägigen Wochenendbesuche, die der Richter festgelegt hatte, nachdem seine Frau ihn wegen versuchter häuslicher Gewalt angezeigt hatte, fielen nur selten mit seinen freien Samstagen und Sonntagen zusammen. Und er mochte es auch nicht, wenn Barbara ihn in seiner Wohnung besuchte. Fast überall in dieser Gegend wimmelte es von Junkies, Nutten und Gangstern, die Kokain und Haschisch verkauften. Selbst aus dem Haus hier, in dem er wohnte, hatte er schon einen dieser Gauner gewaltsam hinausbefördert.

»Ich mache gerade einen Kurs in …«

»Hier in der Nähe?«

»Nur zwei Querstraßen von hier entfernt. Drei. Ein bisschen weiter. Einen Vorbereitungskurs für die Aufnahmeprüfung an der Uni. Ich will die Aufnahmeprüfung machen. Und dafür mache ich jetzt einen Vorbereitungskurs. Für die Aufnahmeprüfung. Also eigentlich ist es ein Englischkurs für angehende Sekretärinnen, aber er wird mir helfen, eine bessere Arbeit zu finden, damit ich den Vorbereitungskurs für die Aufnahmeprüfung bezahlen kann. Um dann die Aufnahmeprüfung zu machen.«

Es ist fast zehn Uhr abends. Die Abendkurse und Abendschulen schließen um acht, halb neun, neun. Die Straßen sind schlecht beleuchtet. Eine schmächtige junge Frau ist eine leichte Beute. Raubüberfall, Vergewaltigung, Vergewaltigung mit Todesfolge. Barbara sollte nicht hier unterwegs sein.

»Warum besuchst du nicht einen Kurs in deinem Viertel?«

»In Barra Funda gibt es keine Englischkurse.«

»Englischkurse gibt es überall. In jedem Viertel von São Paulo gibt es Englischkurse.«

»Es ist ein Englischkurs auf Uniniveau. Und die gibt es in Barra Funda nicht. Nicht diese Art Kurs. Ich werde die Aufnahmeprüfung für Biologie machen. Oder für Chemie. Oder für Medizin. Und um die zu bestehen, muss ich gut in Englisch sein. Ich habe keine Ahnung von Englisch. Oder nur ein bisschen. Aber das reicht nicht. Nicht, um die Aufnahmeprüfung für Medizin zu bestehen.«

»Du sagtest Biologie.«

»Ich meine den ganzen biomedizinischen Bereich. Biologie, Medizin, Zahnmedizin …«

»Und wovon bezahlst du diesen Kurs hier im Zentrum?«

Barbara senkte den Blick und trank noch einen kleinen Schluck Wasser. Sie versuchte, ihren Vater anzusehen. Schaffte es nicht. Versuchte es noch einmal. Ihr Blick klebte am Boden.

Sie will nicht lügen, bringt es aber nicht übers Herz, mir die Wahrheit zu sagen. Sie weiß nicht, wie sie es mir beibringen soll. Sie weiß, dass ich weiß, dass die Ersparnisse ihrer Mutter und ihres Stiefvaters eingefroren wurden und sie einen höheren Kurs gar nicht bezahlen könnten. Das, was ich für ihre Ausbildung zusammengespart habe, ist durch die Konfiszierung ebenfalls dahin. Meine persönlichen Ersparnisse, die ich Monat um Monat zusammengetragen habe, seit ich meine Stelle hatte, sind weg, genau wie die von Tausenden, vielleicht sogar Millionen anderen Brasilianern. Jetzt habe ich nur noch meine Pension, an der jeden Monat die Inflation nagt. Dieser Job als Fahrer und Wachmann, den ich vor zwei Monaten ergattert habe, natürlich schwarz, um meine Invalidenrente nicht zu gefährden, bringt so gut wie nichts ein, und davon habe ich bisher weder ihrer Mutter noch ihr auch nur einen Centavo weitergegeben.

»Wer bezahlt dir den Kurs?«

»Niemand bezahlt mir den Kurs, Vater.«

»Irgendjemand zahlt doch wohl. Jemand muss zahlen.«

»Niemand.«

»Wer? Dein Freund?«

»Ich habe keinen Freund.«

»Wer dann?«

»Vater, das wird Ihnen nicht gefallen, aber ich musste es tun.«

»Was musstest du tun?«

»Mich auf eine Art Tausch einlassen. Ich bezahle den Kurs mit einem Tauschgeschäft.«

»Was für ein Tauschgeschäft?«

»Ich arbeite dort in der Schule. Und dafür darf ich umsonst am Unterricht teilnehmen.«

»Als was? Was für eine Arbeit machst du da? Du bist erst sechzehn.«

»Ich erledige alle möglichen Arbeiten.«

»Was für Arbeiten?«

»Hier ein bisschen aufräumen und da ein bisschen putzen. Solche Arbeiten eben.«

Der Major benötigte nur einen Moment, um zu begreifen, was seine Tochter gesagt hatte.

»Du arbeitest als Putzfrau.«

»Nein, Vater. Nicht als Putzfrau. Jedenfalls nicht direkt.«

»Kind, du arbeitest als Putzfrau. Anstatt zu lernen, gehst du putzen.«

»Ich erledige nur die leichten Arbeiten, Vater. Und nur nachmittags. Und ein bisschen abends. Morgens besuche ich den Kurs.«

»Weiß deine Mutter davon? Hat sie es dir erlaubt?«

»Ja, sie weiß es, und sie hat es mir erlaubt.«

»Putzfrau ... Mit sechzehn.«

»Eigentlich leere ich nur die Papierkörbe in den Klassenzimmern aus, wische die Tafeln, fege ein bisschen die Böden. Keine große Sache. Ich muss nicht die Klos putzen oder so.«

»Du bist erst sechzehn.«

»Bald bin ich siebzehn. Alle Mädchen in meinem Alter arbeiten.«

»Und die sind auch alle Putzfrauen?«

»Ein paar sind Verkäuferinnen, andere räumen im Supermarkt Regale ein, eine ist sogar schon Kassiererin. Aber keine von ihnen will studieren. Keine hat den Ehrgeiz, es weiterzubringen. Nur ich will das. Und ich habe den Ehrgeiz.«

»Wer putzt, hat keine Zeit zum Studieren. Ich kenne das, ich weiß Bescheid: Meine Mutter ist putzen gegangen. Ich will nicht, dass du als Putzfrau arbeitest. Du musst Zeit zum Studieren haben. Ich lasse mir irgendwas einfallen, damit ich dir mehr Geld geben kann. Ich bezahle dir den Kurs. Wie viel kostet denn so ein Englischkurs? Sag mir, was er kostet. Ich treibe das Geld auf.«

Den Tränen nahe stellte Barbara das Glas auf den übervollen Tisch. Sie wusste, dass ihr Vater es ernst meinte, aber sie wusste auch, dass er es nie schaffen würde, sein Versprechen einzulösen. Sie biss sich auf die Lippe. Am liebsten wäre sie zu ihm hingegangen und hätte ihn umarmt. Aber sie gehörten nicht zu der Art Vater und Tochter, die sich umarmen, und so rührte sie sich nicht vom Fleck.

»Sehen Sie sich doch nur mal in Ihrer Wohnung um, Vater. Sie haben nichts. Sie haben ein Bett, das Sofa hier, einen alten Fernseher und einen noch älteren Videorekorder. Das ist alles. Weiter nichts. Nicht mal einen Esstisch haben Sie. Kein Auto, kein Telefon, keine Stereoanlage und keinen Farbfernseher. Nichts, Vater. Nichts.«

»Bei meiner neuen Arbeit habe ich Telefon. Auf der Straße gibt es Telefone. Ich höre keine Musik, und was im Fernsehen läuft, interessiert mich nicht. Ich brauche nichts von alledem. Ich brauche gar nichts. Hier ...« Er reichte ihr einen Fetzen Papier von einer Zigarettenschachtel, auf dem er sich eine Telefonnummer notiert hatte. »Dort kannst du anrufen, wenn du mich brauchst.«

Sie verstaute den Zettel in einem Fach ihres Rucksacks, wohl wissend, dass sie niemals bei seinen Arbeitgebern anrufen und er niemals dieses Telefon benutzen würde.

»Was kostet dieser Englischkurs?«

»Nichts. Er kostet nichts, Vater. Sie lassen ihn mich umsonst besuchen. Ich arbeite schon seit einer Woche dort. Machen Sie sich keine Sorgen um mich. Gönnen Sie sich selbst mal was, Vater. Alles, was Sie verdienen, geben Sie mir. Das haben Sie schon immer so gemacht. Aber jetzt sind wir arm, Vater. Sie, ich, meine Mutter, alle Leute, die ich kenne, sind verarmt. Sie mussten sich diesen Job als Fahrer suchen. Mutters Friseursalon ist leer. Keiner hat mehr Geld, um sich die Nägel machen oder die Haare färben oder glätten zu lassen, für nichts mehr. Und in den Laden für

Autoteile, den mein Stiefvater hat, kommt auch keiner mehr. Niemand kauft etwas. Niemand kann etwas kaufen. Niemand hat Geld für irgendwas. Für nichts, Vater. Für nichts. Wir sind alle arm, Vater. Und es gibt keinen Ausweg. Dieser Job ermöglicht es mir zu studieren. So anstrengend ist das gar nicht. Die Arbeit ist leicht. Und ich werde es schaffen, Vater. Ich werde es schaffen.«

Kapitel 6

Morgen
Montag, 20. August
09:11 Uhr

Als Mara in den Wagen stieg, lief die Klimaanlage schon, wie sie es mochte; sie hatte die Fahrer angewiesen, stets darauf zu achten, dass es im Auto angenehm kühl war, damit ihr sorgfältig aufgetragenes Make-up nicht verlief. Nie verließ sie ihr Zimmer, ohne sich so zurechtgemacht zu haben, wie sie von der Welt gesehen werden wollte. Der Major wusste schon, wo es hinging.

Ein Wachmann schloss die Tür des Mercedes-Benz. Irene, die auf dem Rasen neben der Garage stand, verfolgte den Aufbruch mit der gleichen undurchschaubaren Miene, die sie den ganzen Tag im Haus zur Schau trug. Der Junge war nicht bei ihr, und er saß auch nicht hinten im Wagen. Noch bevor Mara nach dem Sohn des Hausmeisterehepaars fragen konnte, den bei der Sonderschule abzusetzen sie sich bereit erklärt hatte, erspähte sie von hinten den Scheitel des hellblonden Schopfes auf dem Beifahrersitz, nur den Scheitel. Wie klein der Junge ist, dachte sie. Wie alt mag er sein?

Sie fuhren hinaus auf die Straße, und hinter ihnen schloss sich das Tor. Mara betrachtete das Muster, das die Sonnenstrahlen zwischen den Blättern der Bäume malten, die Lichtflecke, die sie auf den Asphalt warfen.

Ein schöner Augusttag, fast so schön wie die Maitage im Süden, an die sie sich erinnerte. Und wieder sah sie den hellblonden Scheitel, nur den Scheitel, vor sich.

»Warum sitzt der Junge vorne?«

»Die beiden fahren immer vorne mit. Irene ... Dona Irene«, korrigierte sich der Major, »weiß, dass Hausangestellte nicht auf die Rückbank gehören.«

»Aber Kinder gehören auf die Rückbank«, entgegnete sie, bemüht, vernünftig und mütterlich zu klingen. »Setz den Jungen neben mich.«

»Er ist es gewohnt, hier vorne zu sitzen, Dona Mara.«

»Setz ihn nach hinten«, sagte sie, überzeugt, etwas Gutes zu tun.

»Jetzt gleich?«

»Natürlich jetzt gleich.«

Der Major blinkte, um zu wenden, als er im Rückspiegel einen grauen Fusca bemerkte. Er hielt an.

»Was machst du denn?«

»Ich fahre zurück nach Hause und setze ihn dort auf die Rückbank.«

»Wieso?«

»Wir sind noch nicht weit, es geht ganz schnell.«

»Halt hier an und bring mir den Jungen.«

»Das darf ich nicht. Laut meinen Anweisungen darf ich weder Sie noch irgendeinen anderen Fahrgast einer Gefährdung ihrer Sicherheit aussetzen.«

»Blödsinn. Halt an.«

»Laut unseren Sicherheitsvorkehrungen ist es nicht ratsam ...«

»Bleib stehen, Major. Und setz sofort den Jungen neben mich.«

Widerwillig gehorchte er. Er hielt am Straßenrand. Der graue Fusca fuhr an ihnen vorbei. Gereizt stieg der Major aus und ging um die Kühlerhaube herum. Er bemerkte nicht, dass der Fusca mit laufendem Motor an der nächsten Ecke angehalten hatte.

Er öffnete die Wagentür, schnallte den Jungen ab, packte ihn unter den Achseln, hob ihn hoch und zog ihn aus dem Wagen. Der Junge begann zu strampeln und zu zappeln und deutete immer wieder auf etwas – sein Rucksack war im Auto geblieben.

Der Major stellte den Jungen ab und bückte sich, um den Rucksack zu holen, während Mara ungeduldig die Tür auf ihrer Seite öffnete, einen Schritt aus dem Wagen heraus tat, das Kind bei der Hand nahm und versuchte, es ins Auto zu ziehen. Der Junge schien nicht zu begreifen. Also trug sie ihn hinein, verwundert darüber, wie leicht er war. Genau in diesem Augenblick fuhr ein senffarbener Fiat Uno in Gegenrichtung an ihnen vorbei.

Das Kind ließ fügsam alles mit sich geschehen. Der Mann mit dem ovalen Gesicht und dem lockigen Haar, der am Steuer des senffarbenen Fiat Uno saß, bemerkte die Geste, die ihm zärtlich und mütterlich erschien, und die Ähnlichkeit zwischen der blonden, hellhäutigen Frau und dem sehr blonden, sehr hellhäutigen Jungen.

Als der Rucksack vor dem Kind auf dem Boden lag, schlug der Major die Tür zu, setzte sich wieder hinters Steuer und fuhr los.

Der Junge sah Mara an. Seine Miene war völlig ausdruckslos, ließ weder Neugier an der Frau erkennen, die ihn ins Auto getragen hatte, noch Zufriedenheit darüber, dass er vom Sicherheitsgurt befreit war. Zwar versuchte er, ihr ebenmäßiges Gesicht in die Reihe der Gesichter einzuordnen, die er in seinem Gedächtnis gespeichert hatte, doch blieben diese dort nie lange haften. Aber er genoss es, ohne Gurt auf seinem weichen Platz zu sitzen, und er mochte den süßen Parfümduft, der von der Frau ausging.

Sein forschender Blick war Mara unangenehm. Sie sah ihn vorwurfsvoll an, in der Hoffnung, ihn dazu zu bringen, sie nicht mehr so anzustarren, doch zu ihrer Verwunderung war sie diejenige, die erschrak: Wie klein er ist, dachte sie wieder. Wie alt mag dieses Kind sein?

»Wie alt ist der Junge?«, fragte sie den Major.

»Das weiß ich nicht, Dona Mara.«

»Drei? Vier? Fünf?«

»Ich weiß es nicht, Dona Mara.«

»Haben seine Eltern es dir nie gesagt?«

»Sie reden nicht über ihn.«

»Ist der Junge stumm?«

»Ja.«

»Und taub ist er auch?«

»Ja.«

Mara schlug die Beine übereinander, sorgsam darauf bedacht, dass der Rock nicht zerknitterte und ihre Oberschenkel nicht zu sehen waren. Sie öffnete ihre Tasche und suchte nach Zigaretten. Das goldene Dupont-Feuerzeug, das Olavo ihr geschenkt hatte, war in der Tasche, aber kein Zigarettenpäckchen.

»Hast du Zigaretten, Major?«

»Ja. Aber die sind …«

Mara streckte den Arm in Richtung des Fahrers aus, ohne das Ende seines Satzes abzuwarten: Es war ein Befehl, keine Bitte.

»... sehr stark.«

Die Hand blieb ausgestreckt, Zeigefinger und Mittelfinger berührten fast seine Schulter. Der Major zog eine rot-weiße Zigarettenschachtel aus der Tasche seines schwarzen Nylonjacketts und zeigte sie ihr:

»Sind die in Ordnung?«

»Soll mir recht sein.«

Der Junge sah zu, wie sie eine Zigarette herauszog, sich zwischen die Lippen steckte und das Feuerzeug nahm. Aber sie zündete die Zigarette nicht an. Irgendetwas hinderte sie daran. Sie wusste nicht, was. Es war aber auch egal. Sie würde rauchen, wenn sie das Kind abgesetzt hatten, bevor sie Olavinho abholte. Sie nahm die Zigarette wieder aus dem Mund und behielt sie zwischen den Fingern.

»Starrt dieses Kind einen immer so an?«

»Wenn er nicht malt.«

Wie lästig, dachte sie. Aber warum ist mir das lästig? Er ist doch nur ein Kind. Trotzdem ist es mir unangenehm. Und es hilft nichts, wenn ich ihm sage, er soll mich gefälligst nicht so ansehen, er kann mich ja nicht hören.

»Ist es noch weit bis zu seiner Schule?«

»Etwa zwanzig Minuten, Dona Mara.«

Auf den Straßen von São Paulo waren für ihren Geschmack entschieden zu viele Autos unterwegs. So kam sie immer zu spät, nie ließ sich abschätzen, wie lange sie von einem Ort zum anderen brauchen würde.

Würde sie den starren Blick des Jungen tatsächlich noch zwanzig Minuten ertragen müssen?

»So lange? Ist der Verkehr wieder so dicht?«

»Normal.«

Für die Leute von hier ist so ein stockender Verkehr wie jetzt also normal. Und dabei ist es gerade mal neun Uhr morgens. Zwanzig vor zehn. Vielleicht war es doch keine gute Idee, den Jungen zu mir nach hinten zu holen. Vielleicht hätte ich ihn vorne sitzen lassen sollen. Wie er es gewohnt ist. Dort, wo er sitzt, wenn er mit seiner Mutter zur Schule fährt. Wenn der Major sie fährt. Hausangestellte und ihre Kinder haben auf der Rückbank nichts zu suchen. Ich weiß das, ich muss mich nur daran gewöhnen und immer daran denken. Er ist es nicht gewohnt, hier zu sitzen. Bestimmt wundert er sich. Deshalb sieht er mich so an. Ich bin die Arbeitgeberin seiner Mutter. Das hat er irgendwie verstanden. Auch wenn er noch so klein ist. Wie alt mag er sein? Ich hätte meiner Eingebung nicht folgen sollen. Es geht immer schief, wenn ich das tue. Ich hätte ihn auf dem Platz sitzen lassen sollen, an den er gewöhnt ist. Dann würde ich mich nicht so unwohl fühlen. Als ob ich diejenige wäre, die hier nicht hingehört. Und nicht er. Als wäre das hier sein Platz und ich wäre vom Beifahrersitz hierhergesetzt worden. Dann würde ich nur seinen Scheitel sehen. Sein blondes Haar. So blond, dass es fast weiß erscheint. Und so fein. So fein. Ich wette, wenn ich es anpusten würde, würde es …

»In seinem Rucksack sind Papier und Buntstifte.«

»Was?«

»Im Rucksack.«

Sie verstand, dass der Major ihr einen Tipp gab, wie man das Kind ablenken konnte, und überrascht von dem, was die Gegenwart des Jungen in ihr auslöste, beugte sie sich nach vorn, die Beine eng beieinander und damenhaft angewinkelt, wie sie es einstudiert hatte, als sie versucht hatte, in ihrem Heimatort Schönheitskönigin zu werden, öffnete den Reißverschluss des zerknautschten, mit Disneyfiguren verzierten Stoffrucksacks, steckte eine sorgfältig manikürte Hand hinein und ertastete einen Stapel Hefte. Sie zog sie heraus. Betrachtete sie. Hässlich, grau, aus billigem Papier. Sie verströmten einen Geruch, den andere Menschen vielleicht gar nicht wahrnahmen, sie aber sehr wohl, den leichten, aber stechenden Geruch nach Leim, wie ein nachlässig gewaschenes Stück Stoff, nachdem sich jemand darauf erbrochen hat. Genauso hatten ihre Schulhefte an der öffentlichen Schule in Tramandaí gerochen, wo ihre Mutter sie jeden Morgen abgeliefert hatte, bevor sie ihren Dienst als Putzfrau und Köchin antrat. Bevor sie in die Landeshauptstadt gezogen waren.

Sie spürte eine leichte Berührung am Arm und blickte auf. Die winzige Hand des Jungen glitt in ihre Hand und drückte sie kaum merklich, eine Geste, die ihr fast zärtlich erschien.

Er legte den Kopf schief und lächelte.

Mara gab ihm die Hefte, beugte sich wieder nach vorn, suchte und fand ein paar Buntstifte und legte sie auf die Bank zwischen ihnen. Der Junge nahm sich einen grünen heraus und begann, sofort abgelenkt, zu zeichnen.

Kapitel 7

Drei Wochen zuvor
Samstag, 28. Juli
21:05 Uhr

Von seinem Monza aus beobachtete der Mann, wie der Rollstuhlfahrer aus dem Tor des Hauses kam, das eingeklemmt zwischen anderen, ähnlich aussehenden Häusern an der steilen Straße ohne Bürgersteig stand. Eine einzige Straßenlaterne tauchte den holperigen Asphalt in bläuliches Licht. Kraftvoll setzte der Mann die beiden Räder seines Rollstuhls in Bewegung. Er brauchte keine Handschuhe und hatte keine Mühe, den Hang hinaufzufahren, denn er hatte die kräftige, hochaufgeschossene Gestalt seiner Vorfahren geerbt, Westgoten aus Portugal und Überlebende der Sklavenschiffe, und hatte sich überdies in seiner Jugend in den sechziger Jahren im Hinterland des Staates Rio de Janeiro mit Gewichten und Hanteln Muskeln zugelegt.

Er fuhr bis zum Wagen, öffnete die Tür, stützte sich auf die Armlehnen des Rollstuhls und saß gleich darauf neben dem Fahrer. Sie begrüßten einander nicht. Er klappte den Rollstuhl zusammen, verstaute ihn auf der Rückbank und befahl dem Mann mit dem Lockenkopf loszufahren.

»Wohin?«, fragte der Fahrer auf Spanisch mit chilenischem Akzent.

»Fahr einfach los, verdammt, wir können hier nicht stehen bleiben«, antwortete Antonio und verstummte dann.

Schweigend fuhren sie weiter, bis sie das ärmliche Viertel von Sacomã hinter sich gelassen hatten.

»Was hast du herausgefunden?«, fragte der Chilene.

»Er ist umgezogen.«

»Umgezogen? Wie? Warum? Wo?«

»*Wohin*, Chilene. In meinem Land heißt das wohin.«

»Wo zieht er«, beharrte der andere besorgt. »Und warum sollte er umziehen?«

»Er ist schon umgezogen. Raus aus dem Haus in Alphaville in eine noch reichere Gegend.«

»Wo? Welche Viertel?«

»*Welches*. In welches Viertel.«

»Wann?«

»Ende letzter Woche. Er ist in ein Haus in Jardim Paulistano gezogen.«

»*Pero por qué?* Von einem Tag auf den anderen?«

»Das konnte mir keiner sagen. Niemand wusste, dass er aus Alphaville wegziehen würde. Am Donnerstag hat er das Hauspersonal entlassen. Er hat ihnen ihre Löhne bis zum Jahresende bezahlt. Eine Umzugsfirma hat noch am selben Tag ein paar Kisten für ihn gepackt, die hat er dann mitgenommen. Am Samstag war er schon nicht mehr in der Wohnung. Ich habe gehört, er hat das Haus schlüsselfertig gekauft.«

»*Schlüsselfertig?*«

»Mit allen Möbeln und allem anderen, was drin ist. Das Hausmeisterehepaar des alten Besitzers hat er auch übernommen.«

»*Nadie compra una casa así,* so plötzlich.«

»Sprich nicht Spanisch mit mir, Chilene.«

»Niemand kauft ein Haus …«

»Ich hab schon verstanden. Aber ich mag deine Sprache nicht. Und dein Land mag ich auch nicht.«

»*A mi tampoco me gusta mi país hoy* – ich mag mein Land heutzutage auch nicht«, gab der andere zurück.

Mit Chile geht es den Bach hinunter, dachte er. Seit im März Patricio Aylwin an die Macht gekommen ist, holt er die Kommunisten und Sozialisten zurück, die wir 1973 ausgemerzt haben. Was nutzt es da, dass Pinochet Oberbefehlshaber des Heeres in Chile bleibt? Pinochet ist nur noch ein Schatten seiner selbst. Ein verrückter Alter, beherrscht von seiner dämlichen korrupten Familie, die sich an das bisschen Macht klammert, das ihr geblieben ist. Und für die anderen wie mich, die unfähigen Leuten wie Salvador Allende ein chaotisches, armes Land weggenommen und daraus das reiche, aufstrebende Chile von heute gemacht haben, ist auf einmal kein Platz mehr.

»*Pero por qué* ist dieser Werbefritze so plötzlich in ein Haus in Jardim Paulistano gezogen«, wiederholte er.

Antonio überhörte die Frage. Er spielte am Radio herum, bis die atemlose schrille Stimme einer Frau erklang, die, unterstützt von einem Backgroundchor, ein Lied sang, dessen Rhythmus zum Tanzen verführte:

It's called
A dance floor
And here's
What it's for

So come on
Vogue
Let your body
Move to the music
Move to the music
Hey, hey, hey
Come on, vogue
Let your body go
With the flow
Go with the flow …

Er suchte einen anderen Sender. In samtigem Ton klagte ein Mann:

He walks on
Doesn't look back
He pretends he can't hear her
Stands to whistle as she crosses the street
Seems embarrassed to be there
Oh, think twice
It's just another day for you and me
In Paradise …

Wieder wechselte er den Sender. Wieder ertönte eine Frauenstimme, diesmal beinahe kindlich, in einem süßlichen Rhythmus und wieder auf Englisch.

There's nothing I can do
I'm helpless in your arms
Oh Baby what you do
I'm in love this is it

There's no turning back this time
No no no.
Here we are
Once again …

Er drehte den Knopf weiter, auf der Suche nach einem brasilianischen Lied, doch vergebens. Fast schien es, als sendeten an diesem Abend sämtliche Radiosender von São Paulo irgendwo aus den USA.

Der Chilene hielt an einer roten Ampel. Die Nachricht vom Umzug beunruhigte ihn. Elf Monate Planung – alles vergebens. Der Organisation in Santiago würden diese Neuigkeiten gar nicht gefallen. Er wusste, dass sie in finanziellen Schwierigkeiten waren. Er vertraute Antonio, seit er ihn bei der Kommunistenjagd kennen gelernt hatte, damals in den Monaten nach dem Sturz von Allende, als die chilenischen Militärs Spezialisten aus Brasilien und Uruguay hatten kommen lassen, um die Verhöre zu leiten. Antonios Männer mit ihrer langjährigen Erfahrung beim DOI-CODI, der Geheimpolizei von São Paulo, waren die Erfolgreichsten gewesen. Und er hatte eine unschlagbare Überzeugungskraft, wenn es darum ging, an Informanten zu kommen. Der Chilene hatte viel von ihm gelernt. Jetzt musste er es nur noch irgendwie schaffen, das gleiche Mitleid zu erwecken wie Antonio mit seinem Rollstuhl.

Er analysierte die neue Lage. Als der Werbemanager in Alphaville gelebt hatte, einem Neubauviertel am Rand der Stadt, hatte er immer den gleichen Weg nehmen müssen, um ins vornehme Zentrum von São

Paulo und wieder zurück zu gelangen. Es war schon beschlossen gewesen, wann und wie sie seinen Wagen stoppen, ihn herauszerren und verschleppen würden. Nun hatte der Umzug nach Jardim Paulistano alles kompliziert. Das Viertel war über zahlreiche große und kleine Straßen erreichbar. Beinahe alle Häuser und Villen waren von Mauern umgeben und viele noch dazu von bewaffneten Sicherheitsleuten bewacht. Die Investoren in Santiago mussten benachrichtigt werden. Ob sie die Planung ändern würden? Alles abblasen?

»Die Ampel«, sagte Antonio und wies auf das Verkehrszeichen, das jetzt Grün zeigte.

Sie fuhren eine Straße entlang, die dem Chilenen unbekannt vorkam. Nichts in São Paulo erschien ihm erinnernswert. Einige Gegenden waren so grau, dass sie ihn an das Berlin der späten sechziger Jahre erinnerten, wo er, gemeinsam mit fünf weiteren Beamten des chilenischen Geheimdienstes, von amerikanischen Militärberatern seine erste Schulung in Verhörtechniken erhalten hatte. Schweigend legte er einen anderen Gang ein. Auch Antonio schwieg, zeigte nur nach rechts oder links, wenn er abbiegen sollte.

So viele tausend Dollar vergeudet. Das würde denen, die das Geld vorgestreckt hatten, das sie nun abschreiben konnten, ganz und gar nicht passen. In den letzten elf Monaten hatten sie Unsummen verbrannt. Vier Spezialisten aus Argentinien, Paraguay und Peru – abgesehen von Antonio und ihm selbst –, die seit Mitte April sukzessive ins Land gebracht worden waren. Das Haus, angemietet irgendwo zwischen verschlafenen Käffern im Landesinneren, um den Werbefritzen dort gefahrlos so lange festhalten zu können, bis das Lösegeld gezahlt war. Die Flüge zwischen Santiago und São Paulo, São Paulo und Buenos Aires, Buenos Aires und Asunción, Asunción und Lima, Lima und Santiago in der Zeit, in der sie die vier anderen Mitarbeiter angeworben hatten. Erneute Flüge von Santiago nach São Paulo, von São Paulo nach New York, von New York nach São Paulo. Die Tage, die sie in dem zu horrenden Preisen angemieteten Luxusapartment in der Zweiundsiebzigsten Straße verbracht hatten, direkt gegenüber dem Gebäude des Werbemanagers, damit sie jede seiner Bewegungen verfolgen konnten, wenn er mit seiner jungen blonden Frau Boutiquen und Restaurants auf der Madison Avenue abklapperte. Ganze Nächte voller unerträglicher Broadway-Musicals, Abendbesuche in Museen und Kultureinrichtungen, endloser brasilianischer Geschäfte in der Sechsundvierzigsten … und dann endlich der Lohn der Mühe, als sie Zeugen geworden waren, wie er ohne seine Frau das diskrete Gebäude in der Zweiundfünfzigsten betrat, in dessen obersten beiden Stockwerken sich die weitläufige New Yorker Niederlassung der israelischen Bank befand, bei der der Werbemanager laut der Organisation in Santiago ein Konto unterhielt. Dann zurück nach Paraguay, wo sie vier Kleinwagen erstanden hatten, dazu diesen Monza, einen schwarzen Ford F-100 Lieferwagen plus einen Kombi und einen Van mit der Aufschrift einer Wäscherei von Osasco, alle mit abgefeilten Motornummern, duplizierten Kennzeichen und absolut echt aussehenden Papieren. Die gefälschten Pässe und Identitäten, die Dollars für die Grenzpolizisten, die Miete der

Wohnungen in den Randbezirken der Stadt für jeden einzelnen der an der Operation Beteiligten – seine lag in Guarulhos –, die Schmiergelder für Kellner, Handwerker, Putzfrauen, Pförtner, Lieferanten, Gärtner, Verkehrspolizisten, Büroboten, Floristinnen, Briefträger, Mechaniker, Kindermädchen, Liftboys, Straßenfeger, Verkäuferinnen, Kioskbetreiber, lauter Leute, denen er hier und da ein, zwei Dollar zugesteckt hatte, überall, wo der Werbemanager regelmäßig verkehrte oder vorbeikam, so viele Trinkgelder in so vielen Händen in den letzten elf Monaten, dass er den Überblick verloren hatte.

Antonio hatte das Radio ausgeschaltet und sagte etwas, was er nicht gleich verstand.

»Was hast du gesagt?«, fragte er.

»Gepanzert«, war die Antwort.

»Gepanzert, *qué*?«

»In letzter Zeit fährt er mit einem gepanzerten Wagen durch die Gegend. Mit einem Mercedes Benz, der aussieht wie der andere, nur in einer anderen Farbe, in Silber. Er fährt auch nicht mehr selbst, sondern hat einen Fahrer eingestellt, der gleichzeitig Wachmann ist. Den blauen Mercedes nutzt er jetzt, um seine Frau und das Kind herumkutschieren zu lassen. Der Fahrer der Frau ist ein ehemaliger Militärpolizist. Beide Fahrer sind bewaffnet. Das Haus wird rund um die Uhr von Sicherheitsleuten bewacht, zwei Typen von einer seriösen Firma. Und es ist videoüberwacht.«

»*Carajo,* noch mehr Neuigkeiten, die unseren sorgfältig ausgearbeiteten Plan zunichtemachen: gepanzertes Fahrzeug. Mit Bodyguard. Gut ausgebildet, wahrscheinlich. Weißt du, was der Grund für alle diese Neuerungen ist?«

»Anweisungen aus Brasília.«

»*Brasília? Y por qué*«, fragte er, ernsthaft erstaunt. »Hat Brasília ihm befohlen umzuziehen? Hat Brasília beschlossen, dass er ab sofort in einem gepanzerten Wagen fahren soll? Sind die bewaffneten Fahrer auch eine Anweisung aus Brasília? Das überwachte Haus, die …«

»Alles. Alle Veränderungen. Geplant und ausgeführt unter direkter Leitung aus Brasília.«

»Das war keine Entscheidung des Werbefritzen, *entonces*.«

»Nein.«

»Also hat Brasília seine eigenen Gründe, warum der Kerl so gut beschützt wird«, schloss der Chilene. »Sie wissen, dass er entführt werden soll. Sie wissen über uns Bescheid.« »Nein. Sie fürchten die Presse. Dass etwas durchsickert. Dass Dokumente geklaut werden. Dass das mit den Bankkonten in der Schweiz oder in Belize und all das rauskommt. Das mit dem Geld, das sie ihm seit Beginn der politischen Kampagne im letzten Jahr anvertraut haben.«

»Nur ihm?«

»Vor allem ihm«, erklärte Antonio und zählte seine Quellen beim offiziell nicht mehr existierenden, aber immer noch bestens funktionierenden brasilianischen Geheimdienst auf, mit denen er weiterhin Kontakt unterhielt und Geschäfte machte.

»Wenn das so ist«, gab der Chilene zu bedenken, »wird alle Welt über uns herfallen, wenn wir den Kerl entführen. Selbst wenn die Reaktion aus Brasília noch so scharf ist, selbst wenn die Bundespolizei hinter uns her sein sollte und seine Kumpel die besten Auftragskiller aus Alagoas oder Pernambuco anheuern, um uns kaltzumachen, wäre das nichts im Vergleich zu den Versicherungen gegen Entführungsfälle, die uns die Banken und internationalen Kreditinstitute auf den Hals hetzen würden. Vielleicht würde die Organisation in Santiago sich sogar dazu entschließen, uns auszuliefern, wenn sie erkennen, was die Entführung des Werbemanagers alles nach sich zieht. Was für ein Vermögen dahinterstecken muss ... Und wie viel von dem Geld aus der Werbekampagne wohl nicht über die Bücher gelaufen ist ...«

In Miami werde ich glücklich sein, dachte Antonio, während sie durch ein trostloses Viertel nahe der Praça Roosevelt fuhren. Ein in eine Decke gehüllter Bettler ging auf eine Gruppe zu, die sich um ein Lagerfeuer versammelt hatte, und warf eine Kiste hinein. In Miami ist es leicht, glücklich zu sein. Und wenn man dort nicht glücklich wird, wenigstens nicht auf die Art, wie sich das mein Bruder Paulo in seinen naiven Hoffnungen ausgemalt hat, dann ist man dort wenigstens nicht von lauter Nutten und Junkies wie denen da drüben umgeben. In Miami kann ich den demütigenden Rausschmiss aus der Militärpolizei durch diese korrupten Typen der neuen Regierung nach fast zwanzig Jahren treuer Dienste vergessen. Miami. Oder Fort Lauderdale. Oder Tampa. Miami. Miami ist am besten. Es muss ja nicht gerade auf dieser Insel sein, wo Emerson Fittipaldi seine Villa hat, aber irgendein schicker Ort.

Mit Rasen vor dem Haus und einem Swimmingpool im Garten. Und einem Mustang 5.0 Cabrio in der Garage. Oder einem Camaro. Da gibt es doch so ein schickes Viertel, wie heißt es noch mal? So ein altes. Coral Gables. In Miami haben die Bürgersteige Rampen. Da ist es nicht so ein Problem, mit dem Rollstuhl herumzufahren. Keine ständige Demütigung. In Florida haben alle Bürgersteige Rampen. In allen Städten der USA, in denen ich war, haben die Bürgersteige Rampen. In den Kinos gibt es Behindertenplätze. Ich werde mein eigenes Geschäft haben. Weit weg von hier. In Miami. Olavo hat viele Millionen gute Dollar. Die will ich haben. Die stehen mir zu. Bald werden sie auf meinem Konto sein. Es gibt einen Weg.

»Wir können den Werbefritzen nicht entführen.«

»*No, Antonio.* Das können wir nicht. *Imposible.* Ich werde mich mit der Organisation in Santiago beraten und dann entscheiden, was wir als Nächstes tun. Gleich morgen früh.«

»Wir müssen uns mit niemandem beraten.«

»Ich muss das auf jeden Fall. Gleich heute. Oder morgen.«

»Musst du nicht. Ich habe die Lösung.«

»Mit einem gepanzerten Wagen? Mit von Brasília gestellten Sicherheitsleuten? Mit ...«

»Wir werden den Werbefritzen nicht entführen«, unterbrach ihn Antonio. »Sondern jemanden, der genauso viel wert ist wie er. Oder mehr. Einen, der Brasília nicht die Bohne interessiert. Aber der Olavo zwingen wird, uns alles zu geben, was wir wollen. Wir entführen seinen Sohn.«

Kapitel 8

Morgen
Montag, 20. August
10:06 Uhr

Wie lange stecken wir jetzt schon in diesem Stau? Es ist mindestens eine halbe Stunde her, dass wir von zu Hause losgefahren sind. Oder länger. Wie spät ist es?

»Ist es noch weit bis zu dieser Schule?«

»Wir sind gleich da.«

»Du hast gesagt, wir würden nicht länger als zwanzig Minuten brauchen. Jetzt sitzen wir schon eine halbe Stunde in diesem Auto.«

»Der Verkehr ist schuld, Dona Mara. Ich weiß nicht, warum es so langsam geht. Vielleicht ein Unfall. Es sind nur noch ein paar Querstraßen.«

Auf dem Bürgersteig eilten Passanten an ihnen vorbei. In São Paulo haben es die Leute immer eilig, dachte sie. Eine Dicke schleppte mehrere Einkaufstüten. Ein Dünner in einer großen braunen Jacke stolperte und fiel gegen sie. Aus einer der Tüten kullerte ein Kohlkopf auf die Fahrbahn, wo er sofort von einem Autoreifen plattgedrückt wurde. An einer Ampel wartete eine Alte auf Grün. Drei Mädchen in der Uniform einer staatlichen Schule lachten über eine Bemerkung, die eine von ihnen gemacht hatte. Die kleinste war rothaarig. Rothaarig, brünett, blond, dick, dünn, hässlich, hübsch, groß, klein, alt, jung – diese und noch ein paar wenige andere Eigenschaften genügten Mara. So war ihre Welt bevölkert.

Sie wandte ihre Aufmerksamkeit wieder dem Wageninneren zu. Der Junge malte, der Major schwieg. Sie hatte keine Zeitschrift dabei, in der sie lesen konnte, nichts, um sich abzulenken.

»Schalt das Radio ein.«

Widerwillig gehorchte der Major. Er bevorzugte die Stille. Die affektierte Stimme eines Sprechers mit übertrieben rollendem »R« füllte den Wagen: *... der Minister sieht in der Tatsache, dass achtzig Prozent des Bargelds aus dem Verkehr gezogen wurden, einen Beweis für die Wirksamkeit der Maßnahmen des Collor-Plans. Von März bis Juni fiel die Inflationsrate von einundachtzig auf neun Prozent. Dem Minister zufolge ...*

»Such was anderes, Musik.«

Der Major drehte den Knopf, vorbei an weiteren Nachrichten, bis zu einer weiblichen Stimme, die eine langsame Ballade sang:

Oh, I hope life treats you kind
And I hope you'll have all you've dreamed of
And I wish you joy and happiness
But above all
I wish you love

»Das kannst du lassen. Das ist hübsch.«

Das Lied stammte aus einem Film, den sie mit Olavo in New York gesehen hatte. Da spielte dieser blonde Schauspieler mit, der einen Oscar gewonnen hatte, und diese schwarze Schauspielerin mit der gewaltigen Stimme.

And I … will always love you …
I will always love you …
You, my darling, you …

In dem Film spielte sie eine Sängerin. Er war ihr Bodyguard. Aber am Schluss kamen sie nicht zusammen. Oder doch, sie war sich nicht sicher. So gut war ihr Englisch dann doch nicht. Ein bisschen was verstand sie. Genug, um im Hotel oder im Taxi ein paar Sätze zu sagen, nicht viel. Sie hatte nie einen Englischkurs besucht, sondern die Sprache bloß in der weiterführenden Schule ihres Heimatorts gelernt, danach noch ein bisschen in Porto Alegre, und das war's. Olavo sprach Englisch. Er sprach und schrieb es sehr gut. Er hatte es natürlich richtig gelernt. Sein Vater, ein Rechtsanwalt, hatte ihn dazu gezwungen. Englisch und Französisch. In den Geschäften, den Museen, im Restaurant oder Bistro war immer Olavo derjenige, der sprach oder las. Auch als es um den Kaufvertrag für das Apartment in der Zweiundsiebzigsten ging

If I should stay
I would only be in your way
So I'll go
But I know I'll think of you
Every step of the way …

Sie hätte den Text dieses Liedes gerne besser verstanden. Immerhin wusste sie, was *I will always love you* bedeutete, und verstand auch ein paar andere Wörter. Aber das war nicht genug. Sie musste besser Englisch lernen. So oft, wie sie neuerdings nach New York fuhren, jetzt, da sie das Apartment hatten, jetzt, da sie Besitzerin eines Apartments in Manhattan war, kam sie mit so wenig nicht mehr aus. Vielleicht sollte sie einen Intensivkurs machen. Nein. Ein Kurs in einem Klassenzimmer unter lauter jungen Leuten, das war nichts. Sie würde Einzelunterricht nehmen. Olavo könnte ihr einen Privatlehrer besorgen.

»Wir sind gleich da«, verkündete der Major.

Abgesehen von dem Schild an der Mauer, unterschied sich die Schule in nichts von den heruntergekommenen Gebäuden in diesem Viertel, das einmal für die untere Mittelschicht gebaut worden war und seit den siebziger Jahren von neuen Wohnhäusern erobert wurde. Fast direkt vor der Schule war eine Bushaltestelle. Daneben stand ein Verkehrspolizist, den Block mit den Strafzetteln in der Hand. Der Major sah ihn.

»Ich werde an der nächsten Ecke halten.«

»Nein. Wir haben schon zu viel Zeit verloren. Halte hier.«

»Aber der Polizist …«

»Halt direkt vor der Schule. Ich bringe den Jungen hinein.«

Mara nahm dem Jungen Papier und Stifte aus der Hand, steckte sie in den Rucksack, setzte ihn auf, nahm das Kind auf den Arm, öffnete die Tür und stieg aus.

Der Polizist beobachtete die blonde Frau, die ein sehr blondes, sehr blasses Kind auf dem Arm trug, aufmerksam, bis sie das Schultor erreichten, das ihnen eine Lehrerin öffnete.

Der Junge ging hinein. Die Lehrerin schloss das Tor. Die blonde Frau kehrte zu dem Mercedes zurück. Der Wagen fuhr davon.

Der Verkehrspolizist ging zwei Querstraßen weiter und stieg in einen granatfarbenen Monza, an dessen Steuer ein Mann mit ovalem Gesicht und lockigem Haar saß.

Zurück im Mercedes wunderte Mara sich, wie still es war.

»Hast du das Radio ausgeschaltet?«

»Leise gestellt.«

»Stell es lauter.«

Ihr Tonfall war herrisch, aber nicht aus Überheblichkeit, obwohl ihr Kostüm viereinhalb Monatsgehälter des Fahrers gekostet hatte und sie allein mit dem Schmuck, den sie an Ohren, Hals und Handgelenk trug, ein paar Jahre lang die Miete seiner Einzimmerwohnung im heruntergekommenen Teil des Zentrums von São Paulo hätte zahlen können, in der er seit seiner Scheidung lebte. Auch nicht wegen ihrer Handtasche, obwohl es die gleiche war wie die der Prinzessin von Monaco. Sondern weil in der Welt, in der sie aufgewachsen war, die Not, die Bedürfnisse und die Gier so groß waren, dass kein Platz für die Schwäche – oder Heuchelei – blieb, ein winziges Wort mehr zu verwenden – das Wörtchen bitte.

Der Major gehorchte. Er hatte es gewagt, das Radio

leiser zu stellen, weil er sich darauf verlassen hatte, dass die Frau des Chefs es nicht bemerken oder sich nicht darum scheren würde. Nun befolgte er ihre Anweisung, als hätte er nicht die Unverschämtheit besessen, in dieser Luxuskarosse, die ihm nicht gehörte, seinen Willen durchzusetzen. Dort, wo er herkam, hatte er schon früh gelernt, dass diejenigen, die direkte Befehle erteilten, nie die wirklich Mächtigen waren, sondern einfach nur Zugang zu denen hatten, die die Macht tatsächlich ausübten. In jedem Fall widersprachen Untergebene ihren Vorgesetzten nicht und verbargen ihren Unmut, alles andere war schlecht fürs Trinkgeld und eventuelle Gefälligkeiten. Und er wollte einen Gefallen erbitten, er wusste nur noch nicht, wie. Es war kein Gefallen für sich selbst. Sondern für Barbara. Eine reiche Frau wie Dona Mara kannte sicherlich jemanden, der seine Tochter einstellen würde. Zum Beispiel in einem Laden. Barbara war nicht hübsch, aber wenn sie sich ein wenig zurechtmachte und sich nett anzog, könnte sie als Verkäuferin in einer der Boutiquen arbeiten, in denen Dona Mara Stammkundin war. Barbara war gut erzogen, respektvoll und aufmerksam. Sie konnte auch als Kindermädchen arbeiten. Sie mochte Kinder. Vielleicht konnte sie als Wochenendvertretung für das Kindermädchen einer von Dona Maras Freundinnen arbeiten. Alles war besser, als Papierkörbe auszuleeren und Klos zu putzen.

Die Amerikanerin mit der gewaltigen Stimme hatte ihr Lied über die ewige Liebe zu Ende gesungen, und nun nannte der Radiomoderator ihren Namen und fügte hinzu, dass dieses Lied momentan in den USA der Nummer-Eins-Hit war. Dann kündigte er einen

Titel an, den der Major nicht verstand. Nach den ersten Takten erkannte er, dass auch dieses Lied von unglücklicher Liebe handelte, die in diesem Fall jedoch von mehreren Sängern beklagt wurde.

I don't wanna talk
About the things we've gone through
Though it's hurting me
Now it's history
I've played all my cards
And that's what you've done too
Nothing more to say
No more ace to play
The winner takes it all
The loser ...

Öde. Schrecklich öde Musik. Er verstand nicht, was gesungen wurde, wohl aber die Klage und das Selbstmitleid. Waren nicht alle Lieder so? Ich bin so unglücklich, mein Liebster hat mich verlassen, ich kann ohne ihn – oder sie – nicht leben und so weiter und so fort.

»Such nach etwas Brasilianischem.«

Der Major drehte am Knopf, ließ den Zeiger bis ans Ende der Skala wandern, hielt zwischendurch immer wieder inne, dann drehte er zurück, bis er ein altes Lied gefunden hatte, das ihm vage vertraut klang.

Porque os desafinados
Também têm um coração
Fotografei você na minha Roleiflex
Revelou-se a sua enorme ...

Die bekannte Stimme des Sängers brach ab, unterbrochen von Trommelwirbel und einer Fanfare:

Wir unterbrechen unsere Sendung, um unseren geschätzten Hörern eine brandaktuelle Meldung mitzuteilen, die uns soeben aus Berlin erreicht. Dort haben die Behörden in diesem Augenblick verkündet, dass die Wiedervereinigung zwischen Ost- und Westdeutschland, über die so viel spekuliert wurde, beschlossene Sache ist. Es gibt sogar schon ein Datum dafür. Das Ereignis, mit dem der Kalte Krieg endgültig zu Ende geht, ist für den dritten Oktober dieses Jahres geplant. Deutschland wurde geteilt, als …

»Such weiter.«

»Ja, Dona Mara.«

»Ich will brasilianische Musik hören.«

Die Sender brachten Nachrichten oder ausländische Musik, noch ein ausländisches Lied, noch ein ausländisches Lied, bis sie zwei Männer eine Toada oder etwas Ähnliches singen hörte, wie sie ihre Großmutter aus Minas Gerais so geliebt hatte.

Há uma nuvem de lágrimas sobre os meus olhos
Dizendo pra mim que você foi embora
E que não demora meu pranto rolar
Eu tenho feito de tudo pra me convencer
E provar que a vida é melhor sem você
Mas meu coração não se deixa enganar …

Der Major hörte auf zu suchen. Mara beschwerte sich nicht. Sie schien gar nicht mehr hinzuhören. Sie hatte die Zigarette angezündet, einmal daran gezogen und hielt sie nun zwischen den Fingern der linken Hand.

Vivo inventando paixões pra fugir da saudade
Mas depois da cama a realidade
É só sua ausência doendo demais
Dá um vazio no peito, uma coisa ruim
O meu corpo querendo o seu corpo em mim
Vou sobrevivendo num mundo sem paz …

Das goldene Feuerzeug war noch immer in ihrer rechten Hand, die Tasche stand offen. Sie sah aus dem Fenster, ohne wahrzunehmen, was draußen vor sich ging.

Sie dachte an den Jungen, den sie gerade auf dem Arm getragen hatte, so blond, so zart, so leicht. Wie alt mochte er sein? Er hatte seine Arme um ihren Hals geschlungen. Als sie ihn der Lehrerin übergeben wollte, hatte sie gespürt, dass er sich an sie klammerte, und gesehen, dass er sein Gesicht zu ihrem aufhob, wie um sie zu küssen. Gerade noch rechtzeitig, bevor ihr Make-up verwischen konnte, hatte sie ihn abgesetzt.

Warum hatte er versucht, sie zu küssen? Wozu die Umarmung? Hoffentlich würde Olavinho ihr niemals in der Öffentlichkeit so seine Zuneigung bekunden. Sie hasste Szenen wie diese, die man immer häufiger sah, in Parks, auf Plätzen, in Straßen und Einkaufszentren, wenn Mütter und Kinder sich umarmten und liebkosten, als wären sie Jahrhunderte voneinander getrennt gewesen. Lächerlich. Nichts davon ist nötig, um zu beweisen, dass man sein Kind liebt. Meine Mutter hat mich nie umarmt oder geküsst oder gestreichelt, von wegen. Und trotzdem hat sie mich geliebt. Sehr geliebt. Und das tut sie immer noch. Sie hat für mich getan, was sie konnte. Als sie noch Hausangestellte war, hat sie die Kleider der Kinder ihrer Herrschaften so umgenäht, dass sie mir passten, sie hat dafür gesorgt, dass meine Schuluniform immer sauber und tadellos war, hat sie nachts gewaschen und gebügelt, damit ich sie am nächsten Tag wieder anziehen konnte, sie hat mir die besten Shampoos gekauft und Make-up dazu, vielleicht nicht das beste, aber sie hat es mir gekauft, seit ich acht war, ist sie mit mir zu jedem Casting gegangen, hat mich zu jedem Wettbewerb begleitet und mich überall angemeldet, zur Miss Porto Alegre Teen, Princesinha das Rosas, Königin Dies, Miss Das, sie hat mir immer zur Seite gestanden, hat mir Modezeitschriften gekauft und dann, als sie die Anstellung in dem Stoffladen im Zentrum von Porto Alegre hatte, die Kleider der Schauspielerinnen aus Hollywood und aus den Telenovelas nachgenäht, so gut sie konnte. Das war ein Anfang. Ein guter Anfang. Nicht der beste. Aber irgendwo mussten wir ja anfangen.

Sie hatte keinen einzigen Wettbewerb gewonnen, aber Leute kennen gelernt, die ihr Jobs als Model verschafften, sie war in mehreren Städten in der südbrasilianischen Provinz bei Modeschauen gelaufen, ein paar Mal sogar in Porto Alegre, sie hatte Werbung für gute Geschäfte für Elektrogeräte gemacht und war beim Casting für Spots in São Paulo und Rio de Janeiro in die engere Auswahl gekommen. Daraus hatte sich dann des Öfteren die Möglichkeit ergeben, mit dem einen oder anderen Kunden auszugehen, und so …

Dieses Leben hatte ein Ende gehabt, als sie bei der Auswahl für die Besetzung eines Bierwerbespots Olavo kennen lernte, dessen Agentur den Spot produzierte. Sie hatte die Rolle dann doch nicht bekommen, aber so … So hatte ihr neues Leben begonnen. Ihr Glück. Nicht so, wie sie sich es vorgestellt hatte, aber … trotzdem Glück. Denn Glück war … Zum Glücklichsein brauchte man … Glücklich war man zum Beispiel, wenn man hatte, was sie hatte. Frieden. Ruhe. Ein schönes Haus. Immer auf Reisen durch die ganze Welt. Schöne Kleider. Die Kleider, die man wollte. Die Schuhe, die einem gefielen. In Paris, Rom, Miami, New York und natürlich hier. Man musste nur in den Laden gehen, etwas auswählen und mitnehmen. Nein. Sich nach Hause bringen lassen. Oder den Major die Tüten und Schachteln tragen lassen, während sie, in Gedanken versunken, vorneweg ging, quer durchs ganze Einkaufszentrum, unter den Blicken derjenigen, die sie früher einmal verachtet hatten, als sie noch dieses Mädchen-das-die-umgenähten-Kleider-trägt-die-einmal-der-Tochter-der-Chefin-ihrer-Mutter-gehört-haben war. Doch das war vorbei. Für alle Zeiten.

Glück war es auch, ein Kind zu haben wie Olavinho. Klug, fröhlich, wissbegierig. Gesund. Ganz anders als ihr Bruder. Vicente lag den ganzen Tag im Bett. Er redete so wenig. War so dürr. Und so bleich. Olavinho dagegen war groß und dunkel und immer in Bewegung, redete und fragte unablässig, warum dies, warum das, plapper, plapper, frag, frag, plapper, frag, renn, plapper, renn und immer so weiter. Ein gesunder Junge. So sind gesunde Kinder nun mal. Vicente konnte kaum aus dem Bett aufstehen. Sie war morgens zu Schule gegangen, und wenn sie am späten Nachmittag oder frühen Abend zurückkam, schien sich Vicente unter den Laken kaum gerührt zu haben. Lag still da. Sehr still. Die blauen Augen, blauer als die ihren, folgten jeder Bewegung der Mutter, wenn sie Suppe kochte, Brot toastete oder Haferschleim machte. Vicentes Bett stand ganz nah beim Herd, an der wärmsten Stelle. In ihrer Erinnerung war es immer bitterkalt in der winzigen Wohnung, in der sie alle drei in einem Zimmer schliefen. Bis Vicente ins Krankenhaus gebracht wurde. Sie erinnert sich noch an das Wasser, das in kleinen Rinnsalen die Wände hinunterlief, vor allem in den eisigen Juli- und Augustnächten. Aber da schliefen schon nur noch die Mutter und sie in der Wohnung.

Jetzt holt sie Olavinho aus einer der teuersten Schulen von ganz São Paulo ab und fährt mit ihm in einem der besten Autos der Welt zur vornehmsten Shopping Mall in der reichsten Stadt Brasiliens. Sie werden sich einen Film ansehen, danach ein bisschen einkaufen gehen, dann werden sie sich in ein gutes Restaurant setzen, vielleicht das französische an der Nove de Julho, *La* irgendwas, oder in das Grillrestaurant im Haddock Lobo. Ja, besser in das Grillrestaurant. Kinder lieben Gegrilltes. Und ich sowieso. Ich hoffe, er stellt mir nicht allzu viele Fragen. Ich hoffe, er plappert nicht zu viel. Aber er wird plappern. Er wird überrascht sein, dass ich ihn von der Schule abgeholt habe. Ich habe ihn noch nie von der Schule abgeholt. Ich bin ja nicht sein Kindermädchen. Dafür hat man schließlich Personal. Aber er wird wissen wollen, warum. Weil ich dich liebe, werde ich sagen. Basta. Dann werden wir über andere Dinge reden. Worüber werden wir reden? Er wird erzählen. Und zwar viel. Viele Dinge. Was er in der Schule gelernt hat. Das wird er mir zeigen wollen. Was er mit der Lehrerin geredet hat, was er gedacht hat, was er aufgehört hat zu denken, wo er hingegangen ist, was er in der Pause gegessen hat, wie seine Lehrerin ist, wie seine Klasse ist, wie sein bester kleiner Freund ist, wie der kleine Klassenkamerad ist, den er hasst und der ihn gehauen hat oder den er immer haut, was er in Mathe auf hat, nein, er ist noch zu klein für Mathehausaufgaben. Oder hat er schon welche? Ich bekomme seine Hefte nicht zu sehen, ich weiß nicht, was er lernt. Das ist auch nicht nötig. Die Schule ist gut. Die Schule ist phantastisch. Olavinho spricht schon Englisch. Er versteht alles auf Englisch und kann alles sagen. Er liest auf Englisch. Olavo will, dass er zum Studieren nach England oder in die Schweiz geht. Oder in die Vereinigten Staaten. Ich bin dafür. Voll und ganz. Je früher Olavinho das macht, desto besser, desto besser gewöhnt er sich an das neue Land und die Gebräuche dort. Wir haben ja jetzt unser Apartment in der Zweiundsiebzigsten, da können wir ihn immer besuchen. Und später kann er uns dann in New York treffen, das Wochenende mit uns verbringen oder so. Er wird sehr neugierig sein, wenn ich ihn jetzt abhole. Er wird mich ausfragen. Unaufhörlich. Und er wird unaufhörlich plappern. Im Kino, in den Geschäften, im Auto, im Restaurant …

Die Zigarette zwischen ihren Fingern war erloschen. Der lange Aschestreifen fiel auf die Fußmatte. Sie stopfte die Kippe in den Aschenbecher, öffnete das Feuerzeug, schloss es wieder, machte es mehrmals an und wieder aus.

»Major«, rief sie.

»Was denn, Dona Mara?«

»Fahr zurück.«

»Zurück?«

»Nach Hause.«

»Wollen Sie Ihr Kind nicht …«

»Fahr zurück.«

»Ja, Dona Mara.«

»Wenn du mich abgesetzt hast, fährst du zurück und holst Olavinho und den Sohn des Hausmeisterehepaars ab.«

»Olavinho hat um zwei Uhr Schule aus, und …« Er nannte den Namen des blassen blonden Jungen, den Mara aber nicht verstand. »… ist bis um drei oder halb vier in der Schule.«

»Dann holst du zuerst Olavinho ab, bringst ihn nach Hause, fährst zurück und holst dann diesen Taubstummen.«

»Ja, Senhora«, stimmte der Major zu und blinkte, um anzuzeigen, dass er links abbiegen wollte.

Kapitel 9

Abend
Montag, 20. August
19:03 Uhr

»Lieben« ist ein Verb, das nur in der Werbung einen Sinn ergibt, dachte Olavo, als er die Mappen mit den Anzeigen und Storyboards der vom Vorsitzenden des staatlichen Energiekonzerns genehmigten Kampagne durchsah.

Verlassen Sie aus Liebe zur Zukunft Ihrer Kinder klaglos den Ort, an dem Sie Ihr ganzes bisheriges Leben verbracht haben. Lieben heißt zulassen, dass andere mit falschen Zukunftsversprechen Ihre Existenz zerstören. Lieben heißt mit beiden Händen ins Leere greifen und sich einbilden, man besitze den Schlüssel zum irdischen Paradies …

Die Liebe muss erfunden worden sein, um irgendetwas zu verkaufen. Als es noch keine Sprache gab, war die Liebe schon unabdinglich für das wirtschaftliche Überleben des Neandertalers von nebenan. Sollten eines Tages die Höhlenbilder in Altamira oder im Vale da Capivara entschlüsselt werden, werden die Archäologen bestätigen, dass es sich um Anzeigen handelt: Sie werden unsere neu entwickelten Keulen lieben oder Lieben heißt Bisonfleisch ohne Zusätze auftischen. Dreißigtausend Jahre später malen wir auf Anzeigetafeln oder Fernsehbildschirme. Sie werden Elion lieben, unsere neue Margarine. Wer seine Kinder liebt, der schützt sie und wäscht sie mit Dubonex-Seife. Ich liebe jeden Bissen der Clinton Nuggets. Glück in der Liebe hat, wer sich mit den kuscheligen Decken von Pelobon zudeckt.

Bei einer Fotomontage, die lange Reihen von Weinstöcken voller reifer Trauben zeigte, hielt er inne. Im Hintergrund waren die Schleusentore eines Wasserkraftwerks zu sehen. In Kanada wahrscheinlich. Oder im Norden der Vereinigten Staaten. Die machten sich auf Fotos am besten. Im Vordergrund lächelte ein kräftig und gesund aussehender Bauer so in die Kamera, dass man sah, dass sämtliche Schneidezähne, Eckzähne und Backenzähne da saßen, wo sie hingehörten. Er hatte eine Hacke geschultert, und hinter ihm stand ein Traktor. Diese Redundanz war ihm zuvor nicht aufgefallen. Eines der beiden Elemente würde aus der Endfassung des Fotos verschwinden müssen. Die Hacke. Sie vermittelte zu sehr den Eindruck von Anstrengung, Erschöpfung, war ein Anachronismus. Der Traktor war moderner, effizienter, mehr *up to date*. Und er würde den Art Director und den Fotografen daran erinnern müssen, dass das Model eine plattere Nase und einen dunkleren Teint haben musste, um möglichst dem Bild des typischen Brasilianers zu entsprechen. Diese Anzeige war für die ausländischen Medien gedacht.

Bei den Fotoshootings war er nicht mehr dabei gewesen. Auch nicht bei den Dreharbeiten für die Werbefilme. Oder beim Casting. Für die Kontrolle dieser Angelegenheiten fehlte ihm die Zeit. Er war nicht länger der kreative-Eigentümer-der-Verkaufsagentur-deralles-macht wie noch vor fünf Jahren, als er das Atelier eines Fotografen betreten hatte, um die Hauptdarstellerin für einen Bierwerbespot auszuwählen, und sie zum ersten Mal gesehen hatte.

Unter all den anderen hochgewachsenen, langhaarigen Blondinen, die in einer Reihe im Body vor ihm standen, lächelnd und einander so ähnlich wie Puppen im Regal, zweitklassige Models auf der Jagd nach dem guten Geld, das sich mit diesem Job verdienen ließ, war sie ihm aufgefallen. Nicht, weil sie die Hübscheste gewesen wäre. Oder die üppigsten Kurven aufwies. Sondern weil sie nicht die ausdruckslose, für alle Zwecke verwendbare Miene besaß, die ein gutes Model kennzeichnete.

Selbst eingefroren zu einem professionellen Lächeln, erkannte er das Unbehagen in dem leichenblassen, zu stark geschminkten Gesicht. Er wusste nicht, ob es von ihr ausging oder von der Tatsache herrührte, dass er sie, eine Unbekannte, wahrgenommen hatte. Ohne nachzudenken, hatte er seine Assistentin angewiesen, sie zum Abendessen einzuladen. Etwas, das er sonst nie mit seinen Models tat. Selbst mit denjenigen, mit denen er eine flüchtige Affäre hatte, ließ er sich nie in der Öffentlichkeit blicken. Dazu schätzte er seine zwölfjährige Ehe mit Selma zu sehr und wollte jeden Ärger von seinen beiden Töchtern Alice und Carolina fernhalten. Das Abendessen an einem diskreten Ort würde eine Ausnahme sein. Dann würden sie in ein Hotel gehen. Und Punkt.

Aber die Blondine lehnte die Einladung ab. Und die nächste, die er über die Modelagentur an sie weiterleitete, ebenfalls. Er erfuhr, wie sie hieß und dass sie nicht in São Paulo lebte. Nachdem er ihre Telefonnummer in Porto Alegre herausgefunden hatte, hinterließ er eine Nachricht auf ihrem Anrufbeantworter. Mara Elizabeth Grunnert rief nicht zurück. Er rief noch zwei Mal an und hinterließ jedes Mal eine Nachricht, doch auch die blieben unbeantwortet. Er fand ihre Adresse heraus, schickte Blumen. Keine Reaktion. Beim nächsten Mal schickte er Blumen und einen Ring. Mara schickte den Ring zurück. Er schickte ihn wieder hin, mit neuen Blumen. Der Ring kam mit einem Dankschreiben in einer sorgfältigen, nach links geneigten Handschrift zurück. Er vereinbarte einen Kundentermin für den späten Nachmittag in Porto Alegre und lud sie zum Abendessen ein. Sie erschien pünktlich, nur leicht geschminkt, die Haare zu einem Pferdeschwanz zusammengebunden, was sie jünger aussehen ließ. Sie dankte ihm für seine Aufmerksamkeit, bat ihn aber, sie in Ruhe zu lassen, sie sei mit einem Ingenieur aus Furnas verlobt. Sie zeigte ihm den Verlobungsring und erzählte, sie werde in zwei Monaten heiraten, ins Landesinnere ziehen und ihre Mutter mitnehmen. Olavo hörte ihr zu, ohne ihren Worten Bedeutung beizumessen, ja, ohne sie zu verstehen. Lösen Sie Ihr Haar, unterbrach er sie. Sie verstummte. Olavo wiederholte: Lösen Sie Ihr Haar. Und dann, über sich selbst überrascht: Kommen Sie mit mir hinauf. Ich will Sie nackt sehen. Sie senkte den Kopf. Ich will dich nackt sehen, wiederholte er. Ich will meine Zunge über deinen ganzen Körper gleiten lassen. Ich will dich …

Mara legte die Serviette sanft auf den Teller, hob den

Kopf, murmelte Danke und Auf Wiedersehen, stand auf und verließ das Restaurant. Erst da wurde es Olavo klar. Das, was Maras Gesicht unebenmäßig erscheinen ließ, war die Verletzlichkeit, die die Arroganz überlagerte, wie man sie bei Frauen findet, die sich ihrer eigenen Schönheit gewiss sind. Er war gerührt, und das erregte ihn noch mehr.

Auf der Straße holte er sie ein, als sie gerade in ein Taxi steigen wollte, und bat: Geh nicht. Er bat: Bleib bei mir. Er bat: Verzeih mir. Er bat: Iss mit mir zu Abend, nur das, nur zu Abend essen.

Mara stieg aus dem Taxi. Wenige Minuten später war seine Ehe in Scherben. Er lag in ihren langen, schlanken Armen, die von dem gleichen blonden, je nach Licht beinahe silbern schimmernden Flaum bedeckt waren, der eine feine Linie von ihrem Nabel bis zu ihrem rosigen Geschlecht zog, das er mit einer Gier leckte, wie er sie seit seiner Jugend in den Puffs von Belém nicht mehr empfunden hatte, und in das er genussvoll seinen dunklen Schwanz versenkte, während er sich auf den Armen abstützte, um den Abstand zwischen ihnen zu vergrößern und sich selbst dabei zusehen zu können, wie er heftig in diese bleiche Frau hineinstieß, bis er kam und sich auf sie fallen ließ, verschwitzt und befriedigt, sie gegen die Matratze presste und fühlte, wie sie kaum noch Luft bekam, fast erstickte unter seinem Gewicht, mit Tränen in den Augen, was ihm noch größere Lust bereitete.

Mara gehörte ihm. Viel mehr als das Haus in Jardim Paulistano und das Strandhaus in Maresias, mehr als die Autos, von denen er in seiner Jugend geträumt hatte, mehr als die Preise auf den Werbefilmfestivals in Venedig oder Cannes, mehr als die Bankkonten in den Steuerparadiesen, als das wachsende Vertrauen der Berater des brasilianischen Präsidenten in seine Diskretion. Viel fehlte ihm nicht mehr. Ein *pied-à-terre* in Manhattan, zum Beispiel. Das Apartment in der Zweiundsiebzigsten gehörte nämlich dem Minister, genau wie die Wohnung in Central Park South, für die er in den nächsten Tagen den Kaufvertrag unterschreiben würde. Aber die Wohnung danach würde ihm gehören, er musste nur noch einen Weg finden, die amerikanische Vermögenssteuer zu umgehen. In der Upper East Side, am besten in unmittelbarer Nähe der Park Avenue. Oder gleich dort, irgendwo bei der Achtzigsten Straße, jetzt, wo die Immobilienpreise in New York fielen. Danach war die Wohnung in Paris fällig. Auf der Rive Gauche, die für Kreative so viel mehr zu bieten hatte als die Rive Droite, wo sich Scharen von schwachsinnigen Touristen und arabischen Potentaten drängten. Vielleicht im Marais, in einer diskreten Straße wie der Jouy. Oder in der Rue Beautreillis, wo er im Sommer 1985 eine Wohnung gemietet hatte, die groß, aber heiß und stickig gewesen war. Alle Wohnungen in Paris brauchten Klimaanlagen. Egal, auf welcher Seite der Seine. Hm. Allerdings sollte man bedenken, dass der Präsident und die Minister sich auf der Rive Droite wohler fühlten. Dort waren die Geschäfte, in denen ihre Ehefrauen und Geliebten so gerne einkauften.

Ernesto trat ein, ohne anzuklopfen, in der linken Hand einen Rucksack. Er war nicht allein. Der Hüne in seiner Begleitung trug einen zerknitterten Anzug und eine Nylonkrawatte, die aussehen sollte, als wäre sie aus Seide, und mit einem Muster bedruckt war, das Olavo erst aus der Nähe erkannte: Vögel, die zu Fischen wurden, die zu Vögeln wurden. Escher *made in China*, nahm er an. Eine ungewöhnliche Kombination, dachte er weiter, als sein Blick von der Hermès-Krawatte zu dem mit Disney-Figuren verzierten Rucksack glitt, den Ernesto auf dem Marmorboden abgestellt hatte, von dort zu Ernestos Church-Schuhen und zu den Vulcabras mit Gummisohle von Ernestos Begleiter, den dieser soeben vorgestellt hatte. Olavo bekam nur die letzten drei Wörter mit.

»Inspektor der Bundespolizei?«

Warum waren sie hier? Was führte sie um diese Tageszeit in sein Büro? Noch dazu unangemeldet?

»Inspektor Vieira, hast du gesagt?«

»Vieri. Ganz ruhig. Er gehört zu unseren Leuten.«

Ich bin ganz ruhig, dachte er. Nur irritiert über diesen Überfall. Aber ruhig. Warum sollte ich nicht ruhig sein?

»Doutor Ernesto hat mich gebeten, ihn zu begleiten. Um in diesem Augenblick Beistand zu leisten.«

Beistand leisten? Wem? Warum? Wer hatte um Beistand gebeten? Das war nicht der richtige Augenblick für Gespräche. Er musste allein sein, brauchte Ruhe für seine Gedanken und Berechnungen.

»Setz dich, Olavo.«

»Ich stehe hier bestens. Und ich bin beschäftigt. Diese Unterbrechung kommt mir wirklich ungelegen.«

Ich muss den Plan für die Medienkampagne ausarbeiten. Die letzten Nachbesserungen vornehmen. Wir haben doch meine Reise nach New York schon besprochen. Ich habe das Unvermeidliche bereits akzeptiert. Ich werde fliegen. Ich werde den Kaufvertrag für die Wohnung des Ministers unterzeichnen. Er wird ja wohl nicht wollen, dass ich das mit einem Inspektor der Bundespolizei berede.

»Bitte setz dich und bleib ganz ruhig.«

»Du kannst ruhig sagen, was los ist, Ernesto. Ich stehe hier sehr gut. Ich muss aber zu Ende machen, woran ich gerade arbeite. Zu deinem Besten. Zu meinem Besten. Für unsere Kampagne. Nun sag schon.«

Stattdessen ergriff der Hüne mit der Escherkrawatte *made in China* das Wort.

»Kennen Sie einen Carlos Roberto da Costa?«

»Nein.«

»Klar kennst du ihn, Olavo«, schaltete sich Ernesto ein und setzte sich. Die beiden anderen Männer blieben stehen. »Er ist der Fahrer deiner Frau.«

»Ah, der Major.«

»Leutnant der Militärpolizei im Ruhestand«, stellte der Inspektor klar.

»Was auch immer. Warum reden wir über ihn?«

»Kannten Sie ihn gut?«

»Natürlich nicht. Er war einer unserer Fahrer.«

»Wir haben ihn eingestellt«, erklärte Ernesto. »Ihn, den anderen Fahrer und die Wachmänner für das Haus. Alle von unseren Leuten aus dem ehemaligen SNI empfohlen.«

»Der Leutnant im Ruhestand Carlos Roberto da Costa wurde heute Nachmittag mit fünf Schüssen am

Steuer eines blauen Mercedes Benz getötet, der auf Ihre Firma zugelassen ist. Ein Schuss in jede Schulter, drei in den Nacken, die ihn praktisch enthauptet haben. An der Seitenwand des Fahrzeugs fanden sich Einschusslöcher unterschiedlicher Kaliber.«

Mein blauer Mercedes Benz, dachte Olavo.

Unser blauer Mercedes Benz, dachte Ernesto.

»Die Einschüsse lassen darauf schließen, dass Leutnant Costa von der Vorderseite und Rückseite des Wagens aus angegriffen wurde. Wir haben noch keine Informationen darüber, wie viele Täter es waren. Und wir haben noch keine Zeugen. Es war eine Blitzaktion.«

»Mein Wagen ist gepanzert.«

»Dein Wagen ja, Olavo. Der andere nicht.«

»Aber ihr habt gesagt ...«

»Wichtig ist, dass dein Wagen gepanzert ist, Olavo.«

»Das war kein gewöhnlicher Überfall, Doutor Olavo. Leutnant Costa wurde regelrecht hingerichtet. Seine Waffe, eine 22er Glock, eine äußerst zuverlässige Waffe, wie sie auch die amerikanische Polizei verwendet, befand sich noch in seinem Hosenbund. Es ist eine teure Waffe.«

»Wir haben die Bodyguards von Doutor Olavo mit Waffen ausgestattet«, erklärte Ernesto.

»Leutnant Costa hat keinen einzigen Schuss abgegeben. Es war eine Blitzaktion.«

»Das sagten Sie bereits.«

»Die gute Nachricht ist, dass auf der Rückbank keine Blutspuren zu finden sind. Der Junge ist höchstwahrscheinlich unverletzt geblieben.«

»Junge?«

»Setz dich, Olavo.«

»Was für ein Junge?«

»Setz dich, Olavo.«

»Sie haben diese Nachricht zurückgelassen.«

»Von welchem Jungen redet ihr?«

»Es ist besser, du setzt dich, Olavo.«

»Bestimmt werden sie sich heute, spätestens morgen mit Ihnen in Verbindung setzen, um über das Lösegeld zu verhandeln. Wir werden Ihre Telefone anzapfen müssen, hier und zu Hause.«

»Die Telefone abhören? Kommt nicht in Frage.«

»Das ist notwendig, Olavo.«

»Das ist die übliche Vorgehensweise, Doutor Olavo.«

»Ich führe vertrauliche Gespräche mit meinen Kunden. Ich führe Operationen durch, die nicht öffentlich bekannt werden dürfen. Und ich werde nicht zulassen, dass Sie meine Geräte anzapfen.«

»Bei allem Respekt, Doutor Olavo, wir brauchen Ihre Einwilligung nicht. Wir ermitteln in einem Kriminalfall.«

Er fühlte, wie ihm der Schweiß ausbrach. Und er hasste es zu schwitzen.

»Ernesto, du weißt, dass meine Gespräche nicht abgehört werden dürfen. Denk nur an die Gespräche mit dem Dicken. Das Geld aus der Wahlkampagne, die Überweisung der Fonds … Du weißt schon. Sag dem Inspektor, dass meine Telefone nicht abgehört werden dürfen.«

»Das werden sie bereits, Doutor Olavo, das ist die übliche Verfahrensweise.«

Sein Pancaldi-Hemd wurde unter den Achseln feucht.

Er ging zum Thermostat der zentralen Klimaanlage neben der Tür, stellte es auf die niedrigstmögliche Temperatur und kehrte zurück.

»Das ist Willkür. Die Zeiten der Diktatur sind vorbei.«

»Setz dich, Olavo. Beruhige dich. Ich habe dem Dicken Bescheid gegeben, nicht bei dir anzurufen, bis die Sache geklärt ist. Er ist in Zürich. Von da fährt er weiter nach Lausanne.«

»Ich weiß. Ich rede fast täglich mit dem Dicken. Und ich werde auch weiterhin mit ihm reden müssen.«

»Wir werden andere Leute einsetzen.«

»Es gibt Details bei unseren Geschäften, die nur er und ich kennen.«

»In unserer Gruppe kann man jedem vertrauen. Um den Dicken werden sich andere kümmern.«

Mit dem Hemdsärmel wischte er sich den Schweiß von der Stirn. Mit anderen Leuten im Kreis wuchs auch die Gefahr eines Lecks. Und die Gefahr von Verteilungskämpfen. Der Inspektor setzte seine Erklärung fort.

»Zuerst werden diese Typen hier oder bei Ihnen zu Hause anrufen. Sie müssen dort und hier jeweils eine Telefonnummer aussuchen, unter der Sie direkt zu erreichen sind. Diese Telefone müssen frei bleiben. Wenn dann der Anruf kommt, müssen Sie einen kühlen Kopf bewahren. Sie werden ohne Eile mit ihnen reden. Sie müssen den Eindruck vermitteln, dass Sie ganz ruhig sind und teilweise auf ihre Forderungen eingehen werden. Dass Sie aber nicht so viel haben, wie die verlangen. Dass Sie Zeit brauchen, um die Summe aufzutreiben, auf die Sie sich einigen werden. Doutor Ernesto wird seine Verbindungen zur Presse nutzen müssen, um zu verhindern, dass irgendwelche Nachrichten durchsickern, die den Fortgang der Ermittlungen behindern könnten.«

Sein Blick fiel auf den Rucksack zu Ernestos Füßen. Die Bilder auf dem zerknitterten Stoff. Die Reise nach Orlando. Olavinho, Mara und er, umgeben von den Figuren von Micky und Minnie Maus, von Goofy und Donald Duck. Sandwichs, die nach Styropor schmeckten, eimerweise wässerige Erfrischungsgetränke, Schlangestehen, Kindergeschrei, Einkaufstüten voller Mützen, T-Shirts, Buntstifte, Plüschtiere, Notizblöcke, Krimskrams, dieser Rucksack. Dieser Rucksack. Dieser Rucksack?

Er setzte sich.

»Der Wagen wurde vom Tatort abgeschleppt, Doutor Olavo. Ihre Nachbarn in Jardim Paulistano haben nicht das geringste Interesse daran, dass ein Überfall direkt vor ihrer Haustür öffentlich bekannt wird. Die Leiche von Leutnant Costa …«

»Wollen Sie mir sagen …« Er wandte sich an Ernesto. »Ihr seid hierhergekommen, der Inspektor und du, um mir zu sagen, dass …«

»Die Leiche von Leutnant Costa befindet sich im Gerichtsmedizinischen Institut. Die Familie wurde noch nicht benachrichtigt. Doutor Ernesto hielt es für besser, die Ermittlungen ein wenig weiter voranzutreiben und dann erst seine Angehörigen ausfindig zu machen.«

Dieser Rucksack. Hatte er diesen Rucksack in Disneyworld gekauft?

»Wir wissen nicht, wieso Leutnant Costa nicht reagiert hat. Wir können ihn nicht beschuldigen, mit den Entführern unter einer Decke zu stecken. Wir haben keinerlei Beweise dafür, dass er von seinen Kumpanen eliminiert wurde, weil sie ihm nicht vertrauten oder aus irgendeinem anderen Grund. Dafür haben wir noch keine Beweise. Alles deutet zwar darauf hin, dass es so war, aber wir müssen erst Beweise sammeln. Wir stehen noch ganz am Anfang der Ermittlungen. Immerhin wissen wir, dass Leutnant Costa in einer Favela aufgewachsen ist und dort Freunde hatte.«

»Du hast zugelassen, dass jemand, der mit Drogendealern verkehrt, Wachmann in meinem Haus wurde, Ernesto?«

»Ganz ruhig, Olavo. Unsere Leute checken diese Informationen gerade mit vertrauenswürdigen Leuten vom ehemaligen SNI. Vielleicht war dein Fahrer ja unschuldig.«

»Unschuldig? Ein Bodyguard, der keinen Finger rührt, wenn er von Banditen angegriffen wird?«

»Wir sind noch mitten in den Ermittlungen, Doutor Olavo. Bald werden wir die nötigen Beweise haben. Jetzt ist das Wichtigste, dass Ihrem Sohn nichts zustößt.«

»Meinem Sohn?«

Der Inspektor wies auf den Rucksack.

»Den haben sie zurückgelassen. Absichtlich. Als Beweis dafür, dass sie ihn mitgenommen haben.«

»Das ist nicht der Rucksack meines Sohnes.«

Er stand auf.

»Dieser schäbige Rucksack gehört nicht meinem Sohn.«

Er stand auf, ging zu dem Telefon hinüber, das auf dem Schreibtisch aus Glas und gebürstetem Stahl stand, und wählte.

»Dieser schäbige Rucksack gehört nicht meinem Sohn«, wiederholte er, während er darauf wartete, dass am anderen Ende abgehoben wurde. »Hallo, Irene? Ja, ich bin's. Nein, ich will nicht mit meiner Frau sprechen. Ich möchte mit meinem Sohn sprechen. Hol ihn mal ans Telefon.«

Er wartete, triumphierend.

»Diesen schäbigen Nylonrucksack«, er deutete mit dem Kinn auf den Rucksack, »können Sie in jedem Laden in der Rua 25 de Março kaufen. Mein Sohn hat nicht so ein dreckiges Teil. Hallo, Olavinho. *Hello, sonny, Daddy wanted to hear your voice. Daddy* hatte Sehnsucht nach dir, deshalb hat er dich angerufen«, wiederholte er auf Portugiesisch und sah den Hünen mit der Escherkrawatte *made in China* herausfordernd an. »Ich wollte deine Stimme hören. *Did you eat already?* Hast du schon zu Abend gegessen? Schnitzel mit Pommes hat Irene dir gemacht? *What about dessert?* Kokosmousse? *Oh, yummy.* Und wie war es heute in der Schule? *Oh, how nice, you learned about life in a coffee farm in Africa? A coffee farm in Kenia? Good, good. Daddy is proud of you, son.* Welcher Fahrer hat dich von der englischen Schule abgeholt? *Which one?* Ah, der Major. Um wie viel Uhr hat er dich denn abgeholt, der Major? *You don't remember?* Das weißt du nicht mehr? Aber es war der Major, der dich von der englischen Schule abgeholt hat, nicht wahr? Nach dem Mittagessen? *After lunch? Okay,* Olavinho.

Daddy loves you. Daddy schaut noch mal kurz zu dir ins Zimmer, wenn er nach Hause kommt, und gibt dir einen Kuss. Und jetzt hol mir Irene, *Daddy* will mir ihr reden. Ja, ich küsse dich auch, *sonny*. Irene? Um wie viel Uhr hat der Major meinen Sohn von der englischen Schule abgeholt? Um drei hat er Olavinho zu Hause abgesetzt? Und wo ist er dann hingefahren? Deinen Sohn abholen? Warum? Wer hat Anweisung erteilt, deinen Sohn von der Gehörlosenschule abzuholen? Ah, Dona Mara hat gesagt, das sei in Ordnung. Nein, Irene, ich weiß nicht, wo die beiden jetzt sind. Sie stecken sicher irgendwo im Stau. Mach dir keine Sorgen. Und sag Dona Mara nichts. Hast du Eiscreme im Haus? Dann gib Olavinho ein Eis.«

Kapitel 10

Abend
Montag, 20. August
18:50 Uhr

Dicht hintereinander bogen die beiden Kleinwagen von der Schnellstraße ab. Mit abgeblendeten Scheinwerfern folgten sie der holperigen, vom feinen Regen rutschigen Nebenstraße, bis sie nach knapp vier Kilometern an ein Tor aus Holzlatten und Stacheldraht kamen. Der breitschultrige sportliche Mann, der auf seinem kahlgeschorenen Schädel eine Wollmütze und unter der dunklen Jacke eine .357 Magnum trug, öffnete es. Bisher war die drei Stunden zuvor begonnene Operation zeitlich und organisatorisch ganz nach Plan verlaufen.

Der Ford F-100 Lieferwagen war das erste Fahrzeug, das sie gewechselt hatten; sie ließen ihn ein paar Querstraßen vom Entführungsort entfernt stehen, die Türen unverschlossen, den Zündschlüssel im Schloss und die aus Paraguay mitgebrachten Autopapiere ordentlich im Handschuhfach verstaut. Den Koffer, in den sie das Kind gesteckt hatten, holten sie heraus und legten ihn zuerst in einen kleineren weißen, geschlossenen Lieferwagen, der mit dem Namen und der falschen Adresse einer Wäscherei aus Guarulhos versehen war, später dann, an einer Tankstelle am Rand von São Paulo, in einen Kombi mit getönten Scheiben und noch später, als es schon dunkel war, auf dem Parkplatz einer Grillhähnchenkette in einen grauen Fiat Uno mit einem Kennzeichen aus Minas Gerais. Als der Kleinwagen von dort wegfuhr, folgte ihm ein granatfarbener Chevrolet Kadett Hatch, dessen Kennzeichen aus Valença im Bundesstaat Rio ebenso gefälscht war wie die vorhergehenden. Keine zwei Stunden später waren sie an der Ausfahrt angelangt, auf der »Piedade – Ibiúna – Pilar do Sul – Votorantim« angezeigt war. Die hatten sie genommen.

Während der Fahrt redeten sie nur das Allernötigste. Sie sprachen Spanisch mit südamerikanischem Akzent, aber Unterschieden in der Betonung und der Verwendung der Pronomen.

Nachdem er das Tor wieder geschlossen hatte, stieg der Mann mit der Kapuzenjacke und der Wollmütze in den zweiten Wagen. Über einen Schotterweg holperten die Autos den Hügel hinauf bis zu einem Backsteinhaus mit Spitzdach, einer kruden Mischung alpiner Stile. In die doppelten Fensterläden aus billigem Pinienholz waren Herzen geschnitzt, so, wie sich der Erbauer das bei einem Tiroler Landhaus vorgestellt hatte. Eine Gaslampe auf der Veranda war die einzige Beleuchtung, denn es gab hier, wie häufig in ländlichen Gegenden, keinen Strom. Genau darum hatten sie diesen Ort gewählt. Weit und breit war kein Nachbarhaus zu sehen. Der Mann, der mit einem Gewehr in der Hand vor dem Haus Wache stand, stampfte im vergeblichen Kampf gegen die Kälte mit den Füßen.

Die Wagen parkten nebeneinander, die Scheinwerfer noch eingeschaltet. Einer der Männer, die im Kadett gesessen hatten, ging ins Haus und zündete eine weitere Lampe an. Der Fahrer des Uno und der Kerl mit der Kapuzenjacke öffneten den Kofferraum, holten den Koffer heraus und trugen ihn ohne Mühe ins Haus. Der zweite Passagier des Kadett, der mit dem ovalen Gesicht und dem Lockenkopf, folgte ihnen. Der magere ältere Mann, der die Lampe angezündet hatte, hob den Kofferdeckel. Er zog den Sack heraus, nahm ihn in beide Arme, schob mit dem Fuß einen Stuhl beiseite, deponierte den Sack auf dem Tisch, löste die Schnur, mit der er zugebunden war, und öffnete ihn.

Das Erste, was sie sahen, war der hellblonde Schopf des Jungen. Seine schneeweiße Stirn. Die geschlossenen Augen. Der reglose Kopf.

Endlich hatten sie den Sack vollständig heruntergezogen. Der Junge rührte sich nicht.

Einen Augenblick lang waren alle überrascht; sie zögerten. Dann trat der Mann mit den indianischen Gesichtszügen vor, besah sich das Kind aus der Nähe, trat wieder zurück. »Was ist mit ihm?«, fragte er erschrocken.

»Entweder schläft er, oder er ist uns erstickt«, vermutete der Peruaner, der seinen Wachposten aufgegeben hatte, um das Ergebnis der Aktion dieses Nachmittags in Augenschein zu nehmen und, wenn auch nur kurz, der Kälte zu entfliehen.

Ratlos drehten sie sich zu dem Mann mit dem Lockenkopf und dem ovalen Gesicht um, damit der ihnen sagte, wie es weitergehen sollte. Der Mann kam näher, legte dem Jungen Zeige- und Mittelfinger an den Hals und fühlte seinen Puls.

»Er war zu lange im Koffer eingeschlossen«, sagte er.

»Atmet er noch?«, wollte der Mann mit der Kapuzenjacke wissen.

»Ja. Er ist nur ohnmächtig.«

»Und völlig eingepisst«, sagte der ältere Mann und zeigte auf die nassen Hosen des Kindes. »Zieht ihm die Klamotten aus und steckt ihn in saubere Sachen.«

Sie sahen einander an. Niemand rührte sich.

»Wir haben keine Kleidung für ihn«, sagte der Bolivianer.

»Warum nicht?«, fragte der Alte.

»Daniel hat nichts davon gesagt, dass wir welche kaufen sollen«, rechtfertigte sich der Bolivianer.

»Niemand wird hier mit Namen genannt«, sagte der Lockenkopf laut.

»Ja, klar. Entschuldigung.«

»Niemand hat uns gesagt, dass wir einen Schlafanzug kaufen sollen«, wiederholte der Bolivianer. »Oder irgendwelche anderen Klamotten.«

»Niemand,« bestätigte der alte Emiliano.

»Mir hat keiner was gesagt.«

»Mir auch nicht.«

»Und mir auch nicht. Keiner von uns hat gewusst, dass wir Kleider für den Jungen kaufen sollen.«

»Das ist jetzt auch egal. Uruguayer«, befahl der Lockenkopf und zeigte auf Emiliano, »du bleibst heute Nacht bei ihm. Morgen früh bist du an der Reihe«, sagte er dann zu dem Mann mit der Kapuzenjacke, »und du am Nachmittag«, jetzt wies er auf den Bolivianer, »und in der nächsten Nacht ist wieder der Uruguayer dran. Peruaner, du wirst tagsüber schlafen. Ich werde mich bei der Wache mit dir abwechseln.«

»Und wann geben wir ihm was zu essen?«, fragte Emiliano und brachte eine gelbe Nylondecke.

»Drei Mal täglich, nicht mehr. Morgens, mittags und abends.«

»Und wenn er Hunger bekommt? Hungrige Kinder weinen viel«, bemerkte Emiliano, während er dem Jungen Schuhe, Hosen und Unterhosen auszog.

»Wenn er heult, verpasst du ihm ein paar Ohrfeigen.«

»Sogar die Strümpfe sind nass. Er hat sich wirklich komplett vollgepinkelt. Bestimmt vor Angst. Besser, wir ziehen ihm auch die Strümpfe aus. Alfonso ...« – er verbesserte sich –, »... du da, gib mir ein Paar von deinen Socken«, sagte er zu dem Kerl mit der Kapuzenjacke und der Wollmütze. »Von den dicken. Ich weiß, dass du welche hast.«

»Die sind zu groß für den Jungen.«

»Gib sie her, verdammt. Wen interessiert es schon, ob sie zu groß sind«, sagte Emiliano wütend. »Der Junge friert. Siehst du nicht, dass er friert?«

Das Kind hatte eine Gänsehaut; seine Zähne schlugen aufeinander.

»Bring sie her, verdammt. Na los, hol die Socken. Du hast doch Wollsocken. Bring sie her, Alfon... Geh schon, verdammt.«

Der Kerl mit der Wollmütze schleuderte die Mütze auf den Boden, drehte sich um und ging ins Schlafzimmer.

»Besser, du reizt Alfonso nicht, *viejito*. Du hast doch

schon bei anderen Operationen mit ihm zusammengearbeitet, du weißt, dass er ziemlich durchgeknallt ist.«

»Der kann mich mal mit seiner Durchgeknalltheit. Vergesst nicht, dass der Junge Gold wert ist.«

»Viele hunderttausend Dollar für jeden von uns ist er wert. Du hast recht, *viejito*. Der Junge muss gesund bleiben. Jedenfalls, bis der Vater die geforderte Überweisung getätigt hat.«

Der Kerl mit dem geschorenen Schädel brachte die zu einer Kugel zusammengerollten Strümpfe und warf sie Emiliano zu, der sie in der Luft auffing, sie entrollte und dem Jungen über die Füße streifte.

»Der Junge ist ganz heiß. Er hat Fieber. Bring mir ein Thermometer«, sagte er in befehlendem Ton zu niemand Bestimmtem.

»Wo gibt es denn eins?«, fragte der Bolivianer nach kurzem Zögern.

»Weiß nicht. In irgendeiner Schublade. Schau einfach nach.«

Der rotwangige Mann öffnete sämtliche Schubladen in dem Haus, das sie zwei Monate zuvor gemietet hatten, auch die vom Badezimmerschrank und in der Küche.

»Beeil dich.«

»Hier gibt's kein Thermometer. Ich kann nirgendwo eins finden.«

»Dann besorg mir ein fiebersenkendes Mittel.«

»Was für eins?«

»Ist doch egal, verdammt. Irgendeins. Was du auftreiben kannst. Der Junge fängt an zu glühen. Das Fieber steigt.«

»Hier gibt es nur ein halb volles Glas mit Fruchtsalz.

Ein Päckchen Kakaobutter. Jod. Watte. Pflaster. Das ist alles.«

»Keine Schmerzmittel? Nicht mal Aspirin?«

»Nichts.«

»Dann schick wen in den Ort, die sollen was besorgen, Daniel«, sagte der Lockenkopf.

»Keine Namen, *viejito.*«

»Scheiß drauf, Daniel. Der Junge hat hohes Fieber. Sieh doch, wie er sich zusammengerollt hat. Sag einem von den Typen, sie sollen zur Apotheke im Ort fahren.«

»Hast du etwa Mitleid mit ihm, *viejito*?«

»Er ist unsere Investition, Daniel. Wir brauchen dieses Kind. Du hast mich für einen Job mit einem reichen Erwachsenen nach Brasilien geholt. Und dann hast du auf einmal gesagt, dass wir uns seinen Sohn schnappen. Das war so nicht abgemacht. Weder mit mir noch mit den anderen. Das passt mir nicht. Es passt keinem von uns. Aber du hast uns keine andere Wahl gelassen. Und was haben wir jetzt hier? Ein krankes Kind. Mit Fieber. Also sag einem von den Kerlen, er soll sich sputen und ein Fiebermittel besorgen. Und ein Thermometer dazu.«

»Soll ich fahren?«, erbot sich der Indio mit den rosigen Wangen. »Ich weiß, wo in Pilar do Sul die Apotheken sind, und kann in dreißig Minuten wieder zurück sein.«

Daniel nickte zustimmend.

»Du fährst mit, Argentinier«, befahl er dem Kerl mit dem geschorenen Schädel. »Nehmt den Fiat. Und bringt mir zwei Päckchen Zigaretten mit.«

Gleich darauf fuhren sie los. Emiliano trug den Jungen in das Zimmer, dessen einziges Fenster von oben bis unten mit Holzlatten vernagelt war. Daniel folgte ihm.

»Es passt mir nicht, dass du so mit mir redest«, sagte er und schloss die Tür hinter sich. »Ich habe hier das Kommando. So hat es die Organisation in Santiago entschieden. Du musst die Entscheidungen akzeptieren, die ich treffe.«

»Einen Scheiß muss ich dir gehorchen«, entgegnete Emiliano, der damit beschäftigt war, das Kind auf die Pritsche an der Wand zu legen. Er zog seine Wolljacke aus und breitete sie auf der Pritsche aus. Seine Neun-Millimeter-Walther behielt er im Hosenbund. Er trennte sich nie von ihr.

»Glaubst du etwa, die anderen denken nicht genauso wie ich, Daniel? Weißt du nicht, dass sie es absurd finden, diese Operation mit einem Kind durchzuführen? Wir sind Profis, Daniel. Wie oft haben wir schon zusammengearbeitet? In Venezuela, Chile, Argentinien, Peru, Kolumbien – wie oft? Aber nie mit einem Kind, Daniel. Du hast uns nicht gesagt, dass unser Zielobjekt ein Kind ist.«

»Das war es auch nicht, Emiliano. Die Umstände, von denen wir ausgegangen sind, haben sich geändert. Und deshalb …«

»Unser Plan war, den Werbefritzen irgendwo in Paraguay an einer Landstraße auszusetzen, wenn das Lösegeld gezahlt ist. Einen Teil des Geldes habe ich den Grenzpolizisten in Ciudad del Este und Foz do Iguaçu schon im Voraus bezahlt. Auf beiden Seiten der Grenze warten die Patrouillen darauf, dass wir mit einem Erwachsenen durchfahren und nicht mit einem … was weiß ich … drei, vier oder fünf Jahre alten Kind.«

»Denen ist das völlig egal. Die wollen bloß ihre Dollars kassieren.«

»Willst du wirklich, dass wir hier losfahren, quer durch den ganzen Bundesstaat und dann weiter durch Paraná bis nach Paraguay, und das mit dem Kind im Kofferraum? Wird er das überleben?«

Daniel antwortete nicht.

»Das ist doch auf dem Mist von deinem brasilianischen Partner gewachsen, oder, Daniel? Der Krüppel hatte die Idee, das Kind zu entführen, stimmt's?«

»Antonio ist kein Krüppel. Er ist seit einer Operation gegen Aufständische im brasilianischen Regenwald querschnittsgelähmt. Und wir benutzen dieses Wort nicht, Entführung. Das hier ist eine Operation zur Umverteilung von Geldern.«

»Fick dich, Daniel. Ihr könnt mich alle mal.«

»Wenn erst mal vierhunderttausend Dollar auf einem Konto in der Karibik liegen, das auf deinen Namen läuft, Emiliano, wird es dir nicht mehr leidtun. Dann wirst du nicht mal mehr wissen, welche Augenfarbe dieser Junge hatte.«

Sie schwiegen. Alles, was sie sich zu sagen oder vorzuwerfen hatten, war gesagt.

»Scheiße. Scheiße, scheiße, scheiße«, murmelte Emiliano vor sich hin.

»Morgen vor dem ersten Wachwechsel«, sagte Daniel, »wenn das Fieber des Jungen gesunken ist, nimmst du die erste Kassette auf, die wir dem Vater schicken werden. Du bringst ihn dazu zu sagen: Papa, wenn du mich lieb hast, zahl, damit sie mich am Leben lassen. Bring ihn dazu zu sagen: Ich will nicht sterben, Papa. Oder: Ich habe Angst, ich muss sterben, Papa. So was in der Art. Damit er ein bisschen weint, verpasst du ihm eine Backpfeife. Eine ordentliche. Und nimm die Backpfeife auch mit auf, damit der Vater das hört. Nimm das Geheul des Jungen auf. Sorg dafür, dass er sagt: Die tun mir weh, Papa. Mach, dass sie aufhören, mir weh zu tun, Papa.«

Krachend schlug er die Tür hinter sich zu. Der hellblonde Junge lag weiter mit geschlossenen Augen da und rührte sich nicht.

Kapitel 11

Abend
Montag, 20. August
21:08 Uhr

Es war schon nach neun, als sie die letzten Papierkörbe leerte. Sie war hungrig, und sie war spät dran. Eigentlich hatte sie früh zu Hause sein wollen, um die Notizen, die sie sich im Unterricht gemacht hatte, noch einmal durchzugehen, die Hausaufgaben zu machen und sich vor Dienstagmorgen noch ein wenig auszuruhen. Da würde sie zu spät zum Unterricht kommen, weil sie ihrer Mutter helfen musste, die Möbel und Materialien aus dem Friseursalon auszuräumen, der ihnen gekündigt worden war, weil sie mit der Miete im Rückstand waren. Die wenigen Kundinnen, die ihrer Mutter noch geblieben waren, würde sie von nun an bei sich zu Hause bedienen müssen.

Sie zog die grüne Segeltuchjacke mit dem Schild aus, das sie als Barbara, Allgemeine Hilfskraft, auswies, hängte sie auf den Plastikbügel in dem Spind, der in der Toilette der Angestellten für sie reserviert war. Dann streifte sie den graublau gestreiften Acrylpullover über die cremefarbene Bluse, zog die marineblaue Nylonjacke darüber, nahm den Rucksack und hängte ihn sich über ihre schmale Schulter.

Der Aufzug, mit dem sie die sieben Stockwerke hinunterfuhr, war leer, aber obwohl sie allein und hungrig war, öffnete sie nicht den Rucksack, um das mit Sesampaste bestrichene Vollkornbrot herauszuholen, das sie von zu Hause mitgebracht hatte. Es war ihr unangenehm, in der Öffentlichkeit zu essen. Sie wollte nicht, dass man sie kauen sah. Genauso wenig mochte sie es, anderen Leuten beim Essen zuzusehen. Deshalb mied sie, ganz im Gegensatz zu ihren Altersgenossen, Pizzerien und Imbissbuden. Nicht nur, um zu sparen und weil sie kein rotes Fleisch aß. Die mahlenden Kiefer, die mal nach rechts, mal nach links verzogenen Lippen, die in den Mund gesteckten Gabeln, die ins Brot geschlagenen Zähne, die die Gesichter verzerrten, bereiteten ihr Unbehagen. Irgendwie schaffte sie es immer, die Mahlzeiten zu anderen Zeiten einzunehmen als ihre Mutter und ihr Stiefvater. Sie hätte das Brot im Bad essen sollen. Dann wäre ihr Hunger gestillt gewesen, bis sie in Barra Funda war. Aber der Ort, an dem sich der Gestank von Exkrementen und Desinfektionsmitteln mischte, widerte sie an.

Sie trat auf die Rua Maria Paula hinaus. Es nieselte. Hastig, unter den wenigen Markisen auf ihrem Weg Schutz suchend, ging sie Richtung U-Bahn. Als sie in die Rua Santo Amaro einbog, rief jemand ihren Namen. Oder einen Namen, der ähnlich klang. Die Straße war menschenleer. Wieder hörte sie ihren Namen. Sie wandte sich um. Es war ein Junge. Lang und dünn, mit einem Rucksack auf dem Rücken. Sie kannte ihn nicht.

»Du gehst ganz schön schnell«, sagte er, außer Atem.

»Wer bist du?«

»Ich habe auf dich gewartet.«

»Warum? Wer bist du? Woher kennst du meinen Namen?«

»Der stand auf dem Schild.«

Barbara errötete. Es war ihr unangenehm, als Allgemeine Hilfskraft identifiziert zu werden. Es war ihr unangenehm, wenn jemand sie trotz der grünen Uniform wahrnahm. Sie hatte geglaubt, darin unsichtbar zu sein. So wie für sie bisher die Leute unsichtbar gewesen waren, die Böden schrubbten, Fenster putzten, Waschbecken reinigten. Sie wusste nicht, wie sie mit der Situation umgehen sollte. Also drehte sie dem Jungen den Rücken zu und setzte eilig ihren Weg fort.

»Warte! Barbara!«

Er lief ihr nach.

»Warte! Ich will mit dir reden! Warte!«

Sie ging weiter, spürte jetzt die Regentropfen auf dem Gesicht. Der Junge verfolgte sie. Holte sie ein.

»Ich heiße Luís Cláudio und mache auch den Englischkurs. Entschuldige, wenn ich dich mitten auf der Straße anspreche. Da drinnen habe ich mich nicht getraut, mit dir zu reden.«

»Warum?« Sie blieb stehen und sah ihn an. »War es dir peinlich, mit einer Putzfrau zu reden?«

»Nein! Nein.«

»Willst du mich anmachen?«

»Ich habe dich schon oft gesehen. Ich bin in der Klasse, die nach euch kommt.«

»Lass mich in Ruhe«, sagte sie und setzte sich wieder in Bewegung.

Er folgte ihr in geringem Abstand. Nun waren sie in der Avenida Vinte e Três de Maio. Die U-Bahn-Station war nicht mehr weit weg.

»Du fährst nach Barra Funda.«

Barbara antwortete nicht.

»Ich weiß das.«

Sie kamen an der Haltestelle Anhangabaú an. Beide waren klitschnass.

»Ich bin dir schon öfter nachgegangen.«

Barbara blieb stehen und sagte, bemüht, nicht ängstlich zu klingen:

»Mein Vater wohnt hier ganz in der Nähe, wusstest du das? In dem Haus dort drüben, siehst du? Da, wo das Licht brennt«, sagte sie aufs Geratewohl. »Das ist die Wohnung meines Vaters. Und der ist Polizist, bei der Militärpolizei, verstehst du? Und ich gehe da jetzt hin und klingele, kapiert?«

Der Junge senkte den Blick. Er versuchte zu lächeln, doch es gelang ihm nicht.

»Entschuldige. Entschuldige, Barbara. Ich bin dir nachgegangen, weil es so spät ist. Ich bin dir schon öfter gefolgt. Es ist gefährlich, so spät abends noch U-Bahn zu fahren. Ich wollte sichergehen, dass du ohne Probleme zu Hause ankommst. Deshalb bin ich dir nachgegangen. Entschuldige. Entschuldige, Barbara. Und weil es doch heute regnet, dachte ich, ich könnte versuchen, dich anzusprechen. Und …«

Er öffnete seinen Rucksack und zog einen Knirps heraus.

»Den habe ich immer dabei. Willst du?«

Barbara lachte.

»Du hast ein hübsches Lachen.«

Wieder errötete sie. Sie hasste es, wenn das passierte, und hoffte, dass er es nicht bemerkt hatte.

»Darf ich dich nach Hause begleiten? Ich heiße Luís Cláudio.«

»Ich weiß. Das hast du schon gesagt.«

Er kam aus dem Landesinneren, aus dem Nordwesten des Staates São Paulo, erzählte er Barbara auf dem Weg zu ihrer Wohnung. Er war das jüngste von vier Geschwistern, zwei Jungen und zwei Mädchen. Livia und Laura waren dort in Promissão verheiratet, waren Mütter und Hausfrauen. Sein Bruder Leonardo war über Kanada in die Vereinigten Staaten ausgewandert. Er arbeitete auf dem Bau, wie so viele Brasilianer, in einer Stadt, deren Namen er nicht mehr wusste, nur, dass sie irgendwo bei Boston lag. Leonardo versuchte, eine Green Card zu bekommen, aber er hatte noch nicht genug zusammengespart, um eine Amerikanerin zu finden, die ihn heiraten wollte. Wenn er es geschafft hatte, würde er Luís Cláudio zu sich holen. Deshalb lernte der Englisch. Er lebte in einem Zimmer in einer Pension mitten im Zentrum, so nah an der Schule, dass er zu Fuß hingehen konnte, und besserte das, was er monatlich von zu Hause bekam, als Schreibkraft auf. Manchmal arbeitete er auch als Bote. Deshalb kannte er fast alle U-Bahn-Stationen und den Verlauf von Dutzenden von Buslinien.

»Frag mich nach irgendeinem Ort, und ich sage dir, wie du da hinkommst.«

Barbara lachte wieder.

»Ich mag es, wenn du lachst. Ich habe dich noch nie lachen sehen. Du lachst nicht viel.«

Wieder wusste sie nicht, was sie sagen sollte.

»Soll ich dir was Lustiges erzählen?«

Barbara nickte.

»Weißt du, wie ich mit Nachnamen heiße?«

Sie wartete.

»Grosso. Mein vollständiger Name ist Luís Cláudio Grosso – der dicke Luís Cláudio.«

Beide lachten. Der Zug fuhr in die Station ein. Sie stiegen aus. Es regnete immer noch. Luís Cláudio spannte den Regenschirm auf. Um nicht nass zu werden, mussten sie näher zusammenrücken. Ein paar Minuten lang schwiegen sie, jeder in seine Gedanken versunken. Schließlich brach Barbara das Schweigen.

»Manchmal denke ich auch daran.«

»Woran?«

»Ich denke auch daran wegzugehen.«

»Auszuwandern?«

»Ja.«

»In die USA?«

»Ja. Oder nach Portugal. Ich kenne Leute, die da hingegangen sind. Mehrere Leute. Eine Nachbarin von uns will demnächst hin. Mit einem Touristenvisum.«

»Die USA sind besser. Dort gibt es mehr Arbeit. Es ist schwieriger reinzukommen, aber es lohnt sich. Dort schätzen sie Leute, die anpacken können. Du hast dreißig Jahre Zeit, um ein Haus abzubezahlen. Die Preise ändern sich nicht. Das, was es heute kostet, kostet es auch morgen. Die Leute machen Pläne für das nächste Jahr, für in fünf Jahren und so weiter. Mein Bruder hat mir geschrieben, dass er nicht nach Brasilien zurückwill. Wenn er die Green Card bekommt, kommt er nur noch her, um unsere Eltern zu besuchen.«

»Ich kann nicht weg. Meine Mutter hat Geldprobleme, mein Vater ist pensioniert, mein Stiefvater muss Unterhalt für seine Exfrau und ein Kind zahlen. Ich kann nicht. Sie brauchen mich. Aber ich glaube, ich würde es gerne tun. Wenn ich könnte, würde ich gerne gehen, glaube ich.«

Einen Moment lang wünschte sie sich, Luís Cláudio würde sie fragen, ob sie mit ihm auswandern wolle, dann schämte sie sich für diesen Gedanken. Dem Jungen ging durch den Kopf, ihr zu sagen: Es wäre schön, wenn wir zusammen in die USA gehen würden. Aber keiner von beiden ließ zu, dass ihr Wunsch gedieh und zu Worten wurde.

»Was willst du mal werden, Barbara?«

»Fremdsprachensekretärin. Wenn ich erst mal Englisch kann, schaffe ich das auch. Viele ausländische Firmen siedeln sich in Brasilien an. Mit einem Gehalt als Fremdsprachensekretärin kann ich meine Mutter unterstützen und noch dazu studieren. Ich will die Aufnahmeprüfung für die Uni machen.«

»Für welches Fach?«

»Ich bin mir noch nicht sicher. Und du?«

»Ich gehe nicht an die Uni. Ich gehe in die USA. Sobald Leonardo mich ruft, bin ich weg.«

Sie waren bei dem zweistöckigen Gebäude angekommen, in dem sie wohnte. Der Regen hatte aufgehört. Sie verabschiedeten sich, ohne sich erneut zu verabreden oder Telefonnummern auszutauschen, aber beide waren sich sicher, dass sie sich wiedersehen würden. Barbara ging hinein. Sie stieg die Treppen hinauf bis zu der Wohnung, in die sie vor vier Jahren gezogen waren, als die Mutter in der Nähe einen Friseursalon eröffnet hatte. Die Mutter saß am Esstisch. Alle Lichter brannten, in der Wohnung herrschte heilloses Durcheinander. Als ihre Mutter sie sah, sprang sie auf.

»Die Polizei war hier«, sagte sie. Ihre Stimme war zu laut. Sie merkte es und fügte leiser hinzu: »Bundespolizei.«

Barbara betrachtete das Chaos um sie herum.

»Sie haben alles durchsucht.«

»Was …?«

»Sie haben deinen Stiefvater mitgenommen, weil sie ihn verdächtigen, ein Komplize …«

»Henrique? Ein Komplize von wem?«

»Von deinem Vater. Sie haben Schuldscheine auf Henriques Namen in der Wohnung deines Vaters gefunden. Und unsere Adresse.«

»Schuldscheine?«

»Dein Vater hat Henrique unter die Arme gegriffen. Ihm Geld geliehen.«

»Was für ein Geld? Mein Vater hat kein Geld.«

»Von der Pension. Ich dachte, es wäre die Rente aus seinem Dienst bei der Militärpolizei, die er Henrique geliehen hat. Uns.«

»Mein Vater hat kein Geld zu verleihen. Er hat ja nicht mal ein Telefon.«

»Es war auch nicht seine Pension. Es waren Drogengelder.«

»Spinnst du, Mutter?«

»Dein Vater war mit der Drogenmafia im Bunde. Das hat die Polizei herausgefunden. Sie haben in seiner Wohnung Drogen gefunden. Dein Vater ist im Gefängnis. Mit Kontaktverbot.«

»Wo?«

»Das haben sie nicht gesagt. Auch nicht, wohin sie deinen Stiefvater gebracht haben. Wir müssen uns einen Anwalt besorgen, Barbara. Wir müssen etwas unternehmen. Ich weiß gar nicht, wo ich anfangen soll. In meinem Bekanntenkreis gibt es keinen Anwalt. Kennst du einen?«

Barbara war sich nicht sicher, ob sie einen kannte. Sie konnte sich nicht erinnern, jemals einen kennen gelernt zu haben. In diesem Augenblick erinnerte sie sich nur an den Anblick, der sich ihr geboten hatte, als ihr Vater die Tür zu seiner engen, schmutzigen Wohnung in der Rua Riachuelo geöffnet hatte. Sie erinnerte sich an jedes einzelne Möbelstück. Nicht einmal ein halbes Dutzend. Eine Pizzaschachtel. Ein Herd mit zwei Kochfeldern. Ein leerer Kühlschrank. Ihr Vater hatte einen Zusatzjob als Fahrer erwähnt. Und als Wachmann. Vielleicht hatte er einen Namen genannt. Sie erinnerte sich nicht. Sie war sich nicht sicher, ob ihr Vater einen Namen erwähnt hatte. Aber in seiner Wohnung würde sich sicher ein Hinweis darauf finden. Irgendein Zeichen. Um hineinzugelangen, brauchte sie den Schlüssel. Den hatte sie nicht. Aber die Portiersfrau hatte bestimmt einen Zweitschlüssel. In diesen Gebäuden hatten sie das immer. Und wenn nicht, könnte man die Tür aufbrechen. Vielleicht kannte die Portiersfrau auch den Namen des Arbeitgebers des Vaters. Oder die Adresse, bei der er arbeitete. Oder …

Sie wandte sich um und lief aus der Tür. Ihre Mutter rief ihr nach. Barbara rannte bis zur U-Bahn-Station und nahm den Zug in Richtung Anhangabaú. Erst auf halber Strecke fiel ihr der Fetzen Zigarettenpapier wieder ein, den ihr Vater ihr am Abend zuvor gegeben hatte. Nachdem sie mehrmals den ganzen Rucksack durchwühlt hatte, fand sie ihn schließlich. Eine Telefonnummer stand darauf. Die letzte Ziffer war unleserlich.

Kapitel 12

Abend
Montag, 20. August
21:13 Uhr

Sie bemerkte die Unruhe im Erdgeschoss, ungewöhnlich für die späte Uhrzeit, ein Gewirr aus Olavos Stimme und fremden Stimmen. Das für gewöhnlich laute Organ ihres Mannes wurde immer wieder von etwas übertönt, was wie ein Gespräch unter mehreren unbekannten Männern klang. Zwei oder drei, da war sie sich nicht sicher, und es interessierte sie auch nicht. Vielleicht hatte Olavo Gäste zum Abendessen. Wahrscheinlich hatte er das Menü mit Irene besprochen. Er verhandelte immer direkt mit Irene. Das machte ihr nichts aus. Sie wusste nicht, welche Vorspeisen am besten zu welchen Hauptgerichten passten, Suppe, Salat, Fisch, Fleisch, Geflügel, Nachtisch, Kaffee, Likör. Und sie wollte es auch nicht lernen. Außerdem hatte sie den ganzen Nachmittag über mit Migräne im Bett gelegen und Bescheid gesagt, dass sie keine Anrufe entgegennehmen wolle.

Die drei oder vier Männer würden jetzt gerade Drinks nehmen. Bestimmt Whisky. Olavo hatte ihnen sicher auch Wein angeboten. Er liebte es zu zeigen, wie gut er sich mit den verschiedenen Rebsorten und Jahrgängen auskannte. Vielleicht hatte er den Wein aber auch fürs Abendessen aufgehoben.

Dann fiel ihr auf, dass kein Lachen zu hören war. Sicher besprachen sie ernste Angelegenheiten. Irgendwelche Geschichten aus Brasília. Bestimmt ging es um die Leute in Brasília. Wenn sie dabei war, vermieden sie es, Ämter und Namen zu nennen, verwendeten nur die Vornamen. Fernando. Marcílio. Bernardo. Zélia. Leonel. Pedro. Teresa. Ob sie das taten, damit sie nichts Geheimes erfuhr, oder um zu zeigen, dass sie mit den Mächtigen auf du und du waren, war ihr egal. Sie hatte nicht das geringste Interesse an diesen Leuten oder an Gesprächen dieser Art. Wenn sie ihre Frauen mitbrachten, war es noch langweiliger. Die redeten dann über ihre Häuser, über Mode, Einrichtung, über die Kinder, die Hausangestellten und tratschten über Leute in der Hauptstadt, die sie nicht kannte.

Sie musste aufstehen. Etwas anziehen. Sich kämmen. Sich schminken. Hochhackige Schuhe anziehen, um die Gäste um einen Kopf zu überragen, so wie Olavo es mochte. Ohrringe. Eine Kette. Einen Armreif. Die Zimmertür öffnen. Den Flur entlanggehen. Die Treppe hinunter. Die Eingangshalle durchqueren. Das Wohnzimmer betreten. Lächeln. Jeden Einzelnen begrüßen. Zu jedem etwas sagen. Den Drink akzeptieren, den Olavo ihr anbieten würde. Alle auffordern, ins Esszimmer hinüberzugehen, und sich dann zurückziehen, wenn es sich um ein Geschäftsessen handelte. War das nicht der Fall, würde sie warten müssen, bis Olavo jedem Gast seinen Platz am Tisch zugewiesen hatte. Dann würde sie sich setzen, damit die Männer sich ebenfalls setzen konnten. Lachen. Plaudern. Essen. Sie hatte keinen Hunger. Ihr Appetit nahm stetig ab. Und doch würde sie hinuntergehen und das ganze Theater mitspielen, sobald der Butler an die Tür klopfte und ihr Bescheid gab, dass das Essen fast fertig sei. Aber zuerst musste sie aufstehen.

Sie stand auf.

Nun musste sie entscheiden, was sie anziehen würde.

Barfuß ging sie über den dicken, weichen, vanillefarbenen Teppich. Das Zimmer war angenehm warm. Die Heizung funktionierte perfekt. Trotz der Kälte draußen würde sie etwas Leichtes anziehen können. Sie öffnete den Schrank, zögerte angesichts der Reihe von Kleidern, Kostümen, Blusen und Hosen, größtenteils Geschenke von Olavo oder auf seinen Rat hin gekauft. Schließlich entschied sie sich für eine Bluse in Grüntönen und einen braunen Rock. Probierte beides an. Wechselte die Bluse gegen eine andere, cremefarbene, die mit einem kleinen Muster bedruckt war, das wie blaue Blumen aussah, aber aus willkürlichen Linien bestand. Aus den Dutzenden Schuhen im Regal gegenüber wählte sie ein Paar in Bordeauxrot aus und zog sie an.

Sie ging zurück zum Bett. Setzte sich. Unten ging das Gespräch ausschließlich männlicher Stimmen weiter. Sie schnappte das eine oder andere Wort auf, doch keinen vollständigen Satz.

Sie legte sich hin. Schloss die Augen.

Nickte ein.

Ein Druck auf der Brust weckte sie. Sie schlug die Augen auf. Olavo stand neben ihr, drückte und knetete ihre Brüste. Es tat so weh, dass sie aufstöhnte. Er lächelte. Sie wollte, dass er aufhörte, wusste aber nicht, wie sie es ihm sagen sollte.

»Sie haben versucht, unser Kind zu entführen«, sagte er, nahm eine Hand weg und schob sie unter ihre Bluse, bis hinauf zur linken Brust.

Mara versuchte, sich aufzusetzen. Er drückte sie zurück aufs Bett.

»Heute Nachmittag. Hier ganz in der Nähe.«

Seine Hand wanderte unter ihren BH, umspielte die Brustwarze.

»Sie haben deinen Wagen überfallen.«

»Meinen ...?«

»Deinen Mercedes Benz«, sagte er und zog und zupfte an der Brustwarze. »Es sind jede Menge Schüsse gefallen.«

Mara stöhnte. Olavo schob auch die andere Hand unter die Bluse, zerrte am BH, befummelte die andere Brust.

»Sie haben deinen Fahrer getötet. Erschossen. Drei Kugeln ins Genick.«

»Der Major ...?«

»Sein Kopf war völlig durchsiebt.«

Nun zog er fest an beiden Brustwarzen, immer heftiger.

»Es war eine Gang. Drogendealer. Der Major hat mit ihnen unter einer Decke gesteckt. Er hat den Benz in einer Straße hier in der Nähe geparkt und einen Überfall vorgetäuscht. Er hat keinen einzigen Schuss abgegeben.«

Mara biss sich auf die Lippen. Sie wollte den Schmerzen widerstehen. Aufhören zu stöhnen.

»Er ... autsch ... der Major wurde ... deine Freunde aus Brasília ... haben ihn angebracht.«

»Sie haben ihn empfohlen. Alle neuen Bediensteten wurden von ihnen empfohlen. Von den Leuten vom ehemaligen SNI. Die Ermittlungen laufen. So wie es aussieht, handelt es sich um ein ganzes Netzwerk.«

Er ließ eine der Brustwarzen los, umkreiste die linke Brust mit der flachen Hand, drückte sie. Mit der anderen zwirbelte er weiter die rechte Brustwarze. Dann machte er sich daran, ihre Bluse aufzuknöpfen. Er schob den BH über ihre Brüste. Rund, schwer, blass unter der dunklen Haut seiner Hände. Er drückte sie noch stärker. Mara stöhnte wieder. Er schob die Hand über dem Rock bis zu ihrer Hüfte, tätschelte sie.

»Draußen stehen zwei Streifenwagen mit Beamten in Zivil. Ich habe vier weitere Sicherheitsleute ins Haus beordert. Die alten habe ich entlassen.«

Er schob eine Hand unter den Rock, bis hin zu Maras Slip. Fühlte das Haar rund um ihre Scham, betastete es.

»In den Nachrichten wird nichts davon zu hören sein. Der Major liegt als nicht identifizierte Leiche in der Kühlkammer des Gerichtsmedizinischen Instituts. Niemand hat Zugang zu ihr, bis der Fall gelöst ist. Offiziell ist er in Isolationshaft.«

Er zog ihr den Slip bis auf die Knie hinunter. Streichelte die sanfte Linie ihrer Vagina. Versetzte ihr einen Klaps. Es klatschte. Dann noch einen, einen dritten, vierten, fünften, schnell aufeinanderfolgend, klatschende Schläge, Haut auf Haut.

»Sie haben einen Zettel hinterlassen, auf dem steht ›Wir haben deinen Sohn.‹«

»Aber hast du nicht gesagt, dass Olavinho …«

»Es geht ihm gut. Er ist in Sicherheit.«

»In seinem Zimmer?«

»Auf dem Zettel stehen zwei Zahlen.«

Olavo schob seinen Finger in Mara hinein, so weit es ging. Sie war trocken, und es tat weh.

»Au, Olavo, bitte …«

»Zwei Zahlen. Das sind keine gewöhnlichen Drogenhändler.«

Er bewegte den Finger in ihr.

»Olavo, du tust mir …«

»Das sind keine gewöhnlichen Entführer.«

Er zog den Finger aus ihr heraus, spuckte darauf und führte ihn wieder in Mara ein, die zusammenzuckte.

»Bis jetzt haben sie sich noch nicht gemeldet. Der Inspektor sagt, sie tun das absichtlich, um mich zu verunsichern. Um mich im Ungewissen zu lassen, ob mein Sohn noch lebt oder tot ist.«

»Aber du hast doch gesagt, dass … Au, Olavo.«

Mit der freien Hand öffnete er seinen Hosenschlitz.

»Hier«, befahl er und legte Maras Hand an sein steifes Glied. »Nimm meinen Schwanz. Halt ihn fest.«

»Olavo, deine Gäste da unten …«

»Fest. So. Ja, so. Und jetzt wichs. Zwei Nummern, Mara. Weißt du, wie die eine Nummer lautet? Wichs meinen Schwanz, Mara. Fester. Sie wissen, was für eine Nummer das ist. Sie kennen jede einzelne Ziffer. Ah, so ist es gut, Mara. Mach weiter.«

Seine große Hand legte sich auf Maras. Er brachte sie dazu, sich auf und ab zu bewegen. Sein Finger glitt in ihre Scheide, kam wieder heraus.

»Schneller, Mara, schneller. Na los. Ja. Ja, so. Komm schon. Die Ziffern. Sie kennen sie. Das sind keine gewöhnlichen Verbrecher, Mara. Ah, ah. So. Mach weiter. Schneller. Es ist ein Bankkonto. Die Nummer von meinem Konto. Komm schon, mach weiter. Von dem New Yorker Konto. Ah, ah. Ja, so. So. Und von dem israelischen Konto. Ah. Von meinem größten Konto. Dem größten. So ist es gut. So. Mach schon. So. Ah. Ah. Ah. Ah. Aaah. Aaah. Aaah. Aaah.«

Er ergoss sich heftig in Maras Hand. Ein paar Tropfen fielen auf den Teppich und auf ihre Schuhspitze.

Olavo entspannte sich, ließ sich rücklings auf das Bett und ihre Beine fallen, ohne seinen Finger aus ihr herauszuziehen.

Mara wischte ihre Hand an der Daunendecke ab. Sie öffnete den Mund, sie hatte das Gefühl, etwas sagen zu müssen, etwas über sie beide, über das, was gerade geschehen war und wovon sie nicht wusste, wie sie es nennen sollte, über die Todesnachricht, die Entführung, den Zettel, der kein wirklicher Zettel war, über die beiden Zahlen auf dem Zettel, über ihren Sohn, über ihren Fahrer, worüber? Worüber wollte sie reden? Warum? Wozu?

Mühsam schob sie sich im Bett weiter nach oben. Sein Finger rutschte aus ihr heraus.

»Zwei Zahlen, Mara. Das sind keine gewöhnlichen Verbrecher. Ich weiß nicht, was ich tun soll. Ich weiß nicht, was daraus noch wird. Alles, was ich mir aufgebaut habe, kann von einem Augenblick zum nächsten futsch sein. Wegen eines gottverdammten Fahrers. Der mit irgendwem aus Brasília in Verbindung stand. Mit wem? Ist es eine Gruppe? Was für eine Gruppe? Mit wem stehen sie in Verbindung? Mit gestürzten Politikern? Mit Unternehmern, denen ich ein Geschäft vermasselt habe?«

Das Ganze interessierte Mara nicht. Alles, was sie in diesem Augenblick wollte, war, sich von seinem Körper zu befreien. Ins Bad gehen. Sich waschen.

»Nicht einmal du kennst diese Nummer, Mara. Ich habe dir nie von dem Konto erzählt. Aber sie wissen davon. Sie haben die Nummer Ziffer für Ziffer aufgeschrieben. Und sie haben noch eine Kontonummer hinterlassen. Wohin das Geld überwiesen werden soll. Sie wissen Bescheid. Sie hatten Zugang. Und das Geld gehört nicht mal mir. Das Konto läuft auf meinen Namen, aber ich bin da nur der Vertreter für andere Leute. Die sich im Ausland nicht so frei bewegen können wie ich. Wie konnten die Entführer von diesem Konto wissen? Es müssen Leute aus meiner nächsten Umgebung sein, verstehst du? Und sie wollen dieses Geld. Sie wissen, dass es nicht mir gehört, aber auf meinen Namen läuft, verstehst du? Und jetzt soll ich das Geld von diesem Konto auf ihr Konto überweisen, wenn mir das Leben meines Sohns lieb ist, verstehst du? Das Leben unseres Sohns, verstehst du?«

»Nein, Olavo, das verstehe ich nicht. Du hast gesagt, es gab eine Entführung. Aber Olavinho …«

»Er ist in Sicherheit. Und er weiß nichts von der ganzen Sache.«

»Hast du Wachleute vor seinem Zimmer postiert?«

»Er ist nicht in seinem Zimmer.«

»Wo …?«

»In diesem Augenblick« – er warf einen Blick auf seine Santos-Uhr von Cartier – »befindet er sich in einem Learjet auf dem Weg in die Schweiz. Er wird dort auf ein Internat gehen. Wir werden ihn besuchen, sobald der Entführungsfall gelöst ist. Die ehemaligen SNI-Leute ermitteln schon. Alles wird äußerst diskret verlaufen. Niemand ist an einem Skandal interessiert. Höchstens die Feinde des Präsidenten, aber möglicherweise nicht mal die. Denn wenn es einen Skandal gibt, wird auch kein Geld auf irgendwelche Konten überwiesen. Ich habe trotzdem Angst, dass die Geschichte an die Presse durchsickert.«

»Wenn Olavinho in Sicherheit ist, wen haben sie dann …?«

»Den Sohn unseres Hausmeisterehepaars. Diesen taubstummen Jungen. Er saß im Wagen. Deshalb haben sie ihn wohl für unseren Sohn gehalten.«

Er wischte seine Hand an ihrem Rock ab und stand auf. Er fühlte sich erfrischt. Bereit für den Kampf. In solchen Augenblicken hatte er die besten Ideen. Und jetzt hatte er eine Idee. Er würde die Schmierenkomödie weiterspielen und sogar noch ausbauen. Er würde den als Entführung getarnten Erpressungsversuch öffentlich machen. Ganz offen über den Überfall und das Verschwinden des Kindes reden. Er würde das Problem bei den Hörnern packen. Eine komplette Kehrtwende vollziehen. Sieh an, sieh an, eine großartige Idee. Es lebe die Macht der Information, seine Macht. Je länger er es geheim hielte, desto mehr Macht hätten seine Feinde, wer auch immer sie waren. Und je weiter er sich in die Öffentlichkeit begab, desto geringer waren die Chancen, dass er ihnen das Geld würde geben müssen. Dass bekannt wurde, dass es irgendwelche geheimen Konten gab, lag nicht im Interesse der Erpresser, ganz gleich, um wen es sich handelte. Er würde über die Lösegeldzahlung reden und sagen, man habe Bargeld von ihm verlangt. Aber kein Wort über die Überweisung von Unsummen von einem ausländischen Konto auf ein anderes. Den Medien würde er die Geschichte als ganz normale Entführung verkaufen.

Mit dem Fernsehen würde er anfangen. Er hatte einflussreiche Freunde bei den wichtigsten Sendern des Landes. Manager, Gesellschafter, Direktoren, Eigentümer, die mit der Werbung seiner Kunden gutes Geld verdienten. Es genügte, dass Ernesto einen von ihnen anrief. Das musste Ernesto übernehmen, denn er, Olavo Bettencourt, der kreative, preisgekrönte, charismatische Leiter einer der größten Werbeagenturen des Landes, war emotional zu sehr belastet, um das in diesem schmerzlichen Augenblick selbst zu erledigen, nein, nicht schmerzlich, der Schmerz kam erst ins Spiel, wenn das Kind tot war. In diesem Augenblick voller Angst und Sorge. Perfekt: Augenblick voller Angst und Sorge. In diesem Augenblick voller Angst und Sorge würde es Ernesto vorbehalten sein, den Medien die Nachricht von der Entführung zu überbringen und sie um Hilfe zu bitten. Millionen von Fernsehzuschauern würden für einen neuen Rekord bei den Einschaltquoten sorgen, wenn direkt in einer Sondersitzung der liebevolle, dramatische, bewegende Appell eines verzweifelten Vaters und einer verzweifelten Mutter gesendet wurde: Bitte tun Sie meinem kleinen Sohn nichts an. Nicht meinem Sohn. Er ist so zartbesaitet. Tun Sie meinem Kind nicht weh. Unserem Kind. Noch wirkungsvoller ist es, wenn man den Namen nennt. Das macht das Ganze individueller. Dann ist es nicht nur irgendein Kind, nicht nur ein verschwundener Junge in den Händen eiskalter Verbrecher. Es ist Olavinho. Unser Olavinho. Bitte tun Sie unserem Olavinho nichts an. Und dazu Fotos. Dieses Foto hier vom Nachttisch. Vater, Mutter, Sohn. Gemeinsam, liebevoll. Mara ist hübsch auf dem Foto, das Gegenlicht zeichnet einen goldenen Heiligenschein um ihr Haar. Ernesto wird es übernehmen zu erzählen, wie die Banditen vorgegangen sind, aus dem Off, einfach nur als Freund der Familie. Dann führt einer unserer Pressesprecher die Arbeit fort, er gibt die Meldungen heraus, spricht mit Radiosendern und Zeitungen, sucht die Journalisten aus, mit denen ich reden werde. Besser noch eine Journalistin. Am besten eine, die Kinder hat. Die wird mein und Maras Leiden ganz von selbst nachempfinden können. Hm. Vorsicht mit Mara. Sie wird es nicht schaffen, ihre Rolle durchzuhalten. Ihre Aussprache ist auch nicht gerade hilfreich. Sie macht Grammatikfehler und kann es einfach nicht lassen, diese südbrasilianischen Ausdrücke zu verwenden.

Mara lassen wir aus dem Spiel. Sie taucht nur an meiner Seite auf. Die Haare hochgesteckt. Sicher findet sich in ihrem Kleiderschrank ein dunkles Kostüm. Im Kostüm, mit eher flachen Absätzen, soll sie ein Stück hinter mir stehen, die Hände vor sich gefaltet. Still. Ah ja, und mit einem Taschentuch in den Händen. Einem zerknüllten Taschentuch. Als ob sie gerade geweint hätte. Unterdessen leitet Ernesto mit den Leuten von der ABIN die Suche nach diesen Schweinen, die ihre dreckigen Pfoten nach unserem Geld ausstrecken. Nach meinem Geld. Am Ende taucht Olavinho putzmunter wieder auf. Wir holen ihn aus der Schweiz zurück. Geben gemeinsam ein Interview. Wir werden sagen, das Lösegeld sei gezahlt worden, wir hätten es irgendwo an einer einsamen Landstraße übergeben. Wir schildern die ergreifenden Details. Ich selbst werde das Geld überreicht haben. Eine furchtlose Geste. Ein Akt unbeschreiblicher Vaterliebe. Die Banditen waren maskiert. Sie haben mir meinen Sohn übergeben, dann sind sie davongefahren, verschwunden. Ernesto erledigt das. Vielleicht präsentieren wir sogar eine unscharfe Aufnahme, mit Teleobjektiv gemacht, von dem Augenblick, in dem ich die Tasche, vielleicht auch zwei Taschen, oder einen Koffer mit dem Lösegeld aushändige. In der Zwischenzeit hat die Bundespolizei die wahren Entführer schon gefunden. Sie haben ihnen eine Falle gestellt. Keiner von ihnen darf am Leben bleiben, sonst geht mein ganzer Plan in die Binsen. Wir dürfen nicht auffliegen. Aber das lässt sich ganz einfach lösen: Die Verbrecher sterben bei einem Zusammenstoß mit der Polizei. Das ist es. Alle. Wie viele auch immer es sein mögen. Sie haben sich der Festnahme widersetzt, es gab eine Schießerei, und das war's, so ist es gelaufen. Die Leiche von Maras Fahrer präsentieren wir gemeinsam mit der Leiche der anderen Verbrecher. Ein ehemaliger Militärpolizist, der seinem Korps Schande gemacht hat. Perfekt. Perfekt.

»Zieh dich um«, sagte er zu der Frau, die mit geschlossenen Augen auf dem Bett lag. »Wir gehen runter. Ernesto wartet, wir haben einiges mit ihm zu bereden.«

Kapitel 13

Sechs Jahre zuvor
Mittwoch, 25. Januar 1984
17:34 Uhr

Die Menge machte Platz für den Mann im Rollstuhl. Wer ihn nicht bemerkte, weil er den Blick auf die ferne Tribüne gerichtet hielt oder sich, unbeeindruckt vom unablässig fallenden Nieselregen, auf die Worte konzentrierte, die von den Hunderten von Lautsprechern verzerrt herüberklangen, wurde von seinem Neben- oder Hintermann auf den Mann aufmerksam gemacht. Alle waren hilfsbereit, der eine oder andere berührte ihn sogar an der Schulter oder streckte ihm grüßend die Hand entgegen, ohne sich etwas daraus zu machen, dass er sie ignorierte, aus einem Gefühl der Verbundenheit diesem Mitbürger gegenüber, der es sich trotz aller Schwierigkeiten nicht nehmen ließ, hier und jetzt dabei zu sein. Noch ein Brasilianer, der fand, dass es reichte.

Über ihm, vor ihm, rund um ihn herum waren Menschen, beugten sich aus Fenstern, waren auf Laternenpfähle geklettert, hingen an den Metallgittern der Geschäfte, drängten sich an Hauswände und in Eingänge, einzeln, zu zweit, zu dritt, Gruppen junger Leute, Reihen von Herren in Anzug und Krawatte, er sah Aufkleber, bemalte Stoff- und Plastikbänder, Flugblätter, gedruckte Plakate, mit Filzstift beschriebene Pappschilder, Schals, brasilianische Fahnen, rote Fahnen mit Hammer und Sichel, rote Fahnen mit weißen Sternen. Die Straßen, die auf den Platz vor der neogotischen Kirche mündeten, waren voll. Und es kamen immer noch Leute hinzu.

Er fuhr, bis es nicht mehr weiterging. Eines seiner Räder verfing sich in einer kleinen Erhebung im Gras, und der Rollstuhl neigte sich. Er war umringt. Er fuhr ein Stück zurück, bis er wieder ganz auf dem Gehweg stand.

Es mussten mehr als zwanzigtausend Leute da sein, schätzte er. Eher mehr. Dreißigtausend.

Wieder sah er sich um.

Mehr als dreißigtausend. Mehr als vierzigtausend. Der Platz vor der Kathedrale ist etwa einhundertfünfzig Quadratmeter groß. Jede Handbreit davon ist besetzt. Die umliegenden Straßen und das Dona Paulina-Aquädukt ebenfalls. Wenn unsere Agenten die Fotos entwickelt haben, werde ich es besser abschätzen können. Aber es sind mehr als fünfundvierzigtausend, da bin ich mir sicher. Oder fünfzigtausend.

Die große Tribüne am hinteren Ende war so hoch, dass man von überall eine gute Sicht darauf hatte. Auf ihr drängten sich mehrere Dutzend Leute. Politiker, Gewerkschafter, Künstler. Viele trugen gelbe T-Shirts. Ein Sprecher verkündete, wer alles anwesend war, gab Anweisungen, rief den einen oder anderen nach vorne, um eine Rede zu halten oder die Menge anzufeuern. An der Stimme, die er oft bei Sportreportagen gehört hatte, erkannte er ihn: Osmar Santos.

Er sah Leute in inniger Umarmung oder freundschaftlichem Gespräch, über die seit den sechziger Jahren bei seiner Abteilung der Geheimpolizei stetig wachsende Akten geführt worden waren. Ulysses Guimarães, Mário Covas, Leonel Brizola, Franco Montoro, Fernando Henrique Cardoso, Luiz Inácio da Silva, Chico Buarque, Henfil, Fernando Montenegro – die Subversiven von gestern und dazu ein paar neue.

Bestimmt ist mein Bruder auch hier, dachte er. Wenn Paulo aus dem Exil zurückgekehrt ist, befindet er sich jetzt hier irgendwo mittendrin. Bei diesen Leuten. Aber er ist noch in Schweden. Wenn Paulo zurückgekommen wäre, hätte ich es erfahren.

Alle Redner wurden beklatscht, einige begeisterter als andere. Wie der Gewerkschaftsführer Luiz Inácio da Silva. Einmal wurde einem Trauerzug mit einem Sarg applaudiert, auf dem Antonio in weißen Lettern das Wort »Indiretas« lesen konnte – die indirekten Wahlen wurden zu Grabe getragen.

Der Gouverneur von São Paulo ergriff das Mikrofon:

»*Ich bin gefragt worden, ob hier dreihunderttausend oder vierhunderttausend Menschen versammelt sind*«, rief Franco Montoro und wedelte mit der Linken durch die Luft. »*Meine Antwort lautet: Hier sind die Hoffnungen von einhundertdreißig Millionen Brasilianern versammelt.*«

Er bekam heftigen Beifall. Irgendjemand stimmte einen Sprechgesang an, dem sich Tausende von Stimmen anschlossen.

Eins, zwei, drei,
vier, fünftausend,
wir wollen
den brasilianischen Präsidenten wählen.

Sie haben keine Angst mehr, sagte sich Antonio. Nach der Amnestie, der Rückkehr der Terroristen aus dem Ausland, der Aussetzung der geheimen Verhaftungen, dem Ende der Überwachung der Medien und dem Rückzug der Zensoren aus den Redaktionen schlüpfen sie jetzt aus ihren Löchern hervor. Die Ratten verlassen die Kanalisation.

Aus den Lautsprechern ertönten die ersten Takte der Nationalhymne. Viele Menschen legten die rechte Hand an die Brust. Einige hatten Tränen in den Augen. Fast alle sangen mit.

Die ruhigen Ufer des Ipiranga hörten
den Aufschrei eines heldenhaften Volkes widerhallen,
mit blitzendem Strahl erschien die Sonne der Freiheit
in diesem Moment am Himmel unserer Heimat.
Wenn wir es schaffen, diese Gleichheit
zu erkämpfen,
in Deinem Namen, Freiheit,
trotzt unsere Brust sogar dem eignen Tod!
O Du geliebtes, hochverehrtes Vaterland …

Armes Vaterland, dachte er. Nach allem, was wir vor zwanzig Jahren eingeleitet haben, werden wir schließlich in den Händen dieser korrupten Typen enden, dieser machtgeilen Kommunisten und Sozialisten. Zwei Jahrzehnte vergeudet. Früher hätten wir mitten in dieser Menge eine Bombe zünden können. Oder eine Schlägerei anzetteln, um die Versammlung öffentlich zu diskreditieren. Wir haben Agenten in Zivil hier auf dem Platz und unsere Leute auf der Bühne, aber was nützt das? Sie alle haben Handlungsverbot. Wir sind zu Marionetten geworden. Wir sind Mittäter. Schlimmer noch, wir sind Spießgesellen.

Er wendete den Rollstuhl, sodass er der Bühne den Rücken zuwandte. Die Leute vor ihm wichen zur Seite und ließen ihn durch.

An der Ecke Avenida Rangel Pestana kamen ihm vier Militärpolizisten in Kampfmontur entgegen. Es gab viele von ihnen, überall. Nutzlos, völlig nutzlos, schloss Antonio und fuhr davon.

* * *

Acht Stockwerke über ihm beobachtete ein hagerer Mann, der ein Sakko trug, obwohl er sich in seinem eigenen Büro befand, die Menschenmenge auf dem Platz vor der Kathedrale und strich sich dabei unbewusst über die lilafarbene, mit winzigen roten und blauen Delphinen bedruckte Krawatte, eine fast perfekte, aber wesentlich billigere Imitation *made in Taiwan* einer Hermès-Krawatte, die er in einem Duty-free-Geschäft in Paris gesehen hatte. Der von unten heraufdringende Lärm war durch die Doppelfenster und das Rasseln der alten Klimaanlage, die sein Partner immer unbedingt auf Hochtouren laufen lassen wollte, so gedämpft, dass er nicht verstand, was auf der Bühne gesagt wurde, deren Aufbau er in den letzten Tagen verfolgt hatte. Aber die Spruchbänder konnte man bestens entziffern. Nieder mit dem Militärregime. Ich will Präsidentschaftswahlen. Ein vereintes Volk ist unbesiegbar. Nutzen wir die Gunst der Stunde. Generalstreik gegen den Hunger und direkte Wahlen.

»Komm mal her«, sagte er zu dem dunklen untersetzten Mann, der über die Skizzen, Layouts, Probedrucke und Fotos der Werbekampagne einer Supermarktkette gebeugt saß. »Das musst du dir ansehen.«

»Stör mich nicht. Ich muss noch ein paar Kleinigkeiten bei diesen Anzeigen klären. Ich werde wohl die Nacht durchmachen müssen, wenn ich morgen eine halbwegs anständige Kampagne präsentieren will.«

»Zerbrich dir darüber nicht den Kopf. Die Kampagne wird von meiner Frau abgenommen. Wichtiger ist, dass du mitkriegst, was da unten auf dem Platz passiert.«

»Ich will aber, dass das hier die beste Einzelhandelskampagne in der Geschichte der brasilianischen Werbung wird. Und das wird sie auch. Noch in zwanzig oder dreißig Jahren werden sie die Sachen kopieren, die ich mir diesmal hab einfallen lassen.«

»Die Zukunft liegt gleich hier vor deinem Fenster. Aber du weigerst dich, den Hintern vom Stuhl zu heben und herzukommen. Dabei ist diese Demonstration so … so …«

Er suchte nach dem richtigen Wort für den Eindruck, den die dichtgedrängte Menge auf ihn machte. Olavo verglich zwei beinahe identische Fotos. Beide zeigten ein Paar in den Dreißigern, das beim Frühstück saß. Auf dem Tisch standen ein Krug Orangensaft, eine Kaffeekanne, ein Milchkännchen, vier Tassen, eine Zuckerdose, süße und salzige Brötchen, Butter, Schinken, Putenbrust, zwei verschiedene Käsesorten und ein Glas mit Quark, zwei Arten Marmelade, eine Platte mit Melonenscheiben und eine Obstschale mit Trauben, Birnen und Äpfeln. Auf dem zweiten Foto hatte das Paar einen sechsjährigen Jungen und ein achtjähriges Mädchen bei sich, die Cornflakes aßen. Auf beiden Fotos befand sich auf dem Teller des Vaters Rührei und zwei Scheiben Speck, auf dem Teller der Mutter eine halbe Papaya.

»Was stimmt mit diesen Fotos nicht?«, unterbrach er Ernesto. »Sieh sie dir an. Ganz genau. Nimm sie in die Hand. Achte auf jedes Detail. Diese Anzeigen werden in São Paulo, Rio, Fortaleza, Recife, Salvador, Belo Horizonte, Brasília, Curitiba und Porto Alegre veröffentlicht. Was stimmt nicht mit diesen Fotos? Was ist bei beiden falsch?«

»Zu viel Essen?«, vermutete Ernesto nach ein paar Sekunden. »Europäisches Obst? Speck und Eier sind nicht gut, wegen dem Cholesterin? Cornflakes sind was für amerikanische Kinder?«

Olavo nahm ihm die Fotos aus der Hand und legte sie nebeneinander auf den Tisch.

»Die Leute. Sie sind zu dunkel. Daran werden sich die Konsumenten stören. Im Süden, weil sie die Familie für Schwarze halten. Im Norden und Nordosten, weil sie denken, sie sind arm. Schwarz ist auch in Rio, Paraná, Minas und Ceará gleichbedeutend mit arm, in ganz Brasilien. Blonde Modelle vermitteln ein positives Image. Morgen werde ich die Kampagne so präsentieren, wie sie ist, aber für die endgültige Version lasse ich neue Fotos machen.«

Doch Ernestos Aufmerksamkeit galt schon wieder der Demonstration. Vor zwei Jahren hatte Paulo Maluf, genannt »der Türke«, es geschafft, sich als Kandidat aufstellen und wählen zu lassen. Es war das erste Mal gewesen, dass die Militärs einer direkten Wahl für die Regierung eines Bundesstaats zugestimmt hatten. Im November letzten Jahres hatten sich völlig unerwartet mehr als zehntausend Menschen vor einem Fußballstadion in São Paulo versammelt und die direkte Wahl auch des brasilianischen Präsidenten gefordert. Zuvor hatte es kleinere Demonstrationen in mehreren politisch unbedeutenden Großstädten wie Goiânia und Curitiba gegeben. Die Reaktion des Präsidenten João Figueiredo war so plump gewesen wie er selbst. Er hatte die Zensur verschärft und erklärt, die Proteste seien subversiv.

»Jetzt behauptet selbst er, dafür zu sein«, sagte Ernesto, doch Olavo reagierte nicht.

Ernesto schätzte erneut. Über hunderttausend Leute waren da unten versammelt. Zweihunderttausend? Das Panorama, das sich vor seinen Augen entfaltete, vermittelte ihm eine Gewissheit, wie er sie empfunden hatte, als sein Schwiegervater ihm seine Tochter Adélia vorgestellt hatte.

»Wir werden reich.«

Dieses Mal horchte sein Partner interessiert auf. Er legte den Kugelschreiber auf den Tisch, drehte sich um und sah ihn fragend an.

»Wir werden die politischen Kampagnen der Kandidaten für die direkten Wahlen gestalten. Einschließlich die der beiden Präsidentschaftskandidaten.«

»Der nächste brasilianische Präsident wird Mário Andreazza. Die Militärs haben sich bereits für ihn entschieden. Ohne direkte Wahlen.«

»Vielleicht. Aber nach ihm werden sie einen zivilen Kandidaten an die Macht lassen müssen. Und der wird im Radio, im Fernsehen und in den Zeitungen für sich werben müssen.«

Gelegenheiten wie diese ergeben sich nur einmal in jeder Generation, das war Ernesto klar, und er freute sich über die roten und grün-gelben Fahnen, die auf dem Platz geschwungen wurden. Das ganze Volk hatte einen gemeinsamen Weg und ein gemeinsames Ziel gefunden. Selbst wenn es zehn Jahre dauern sollte, aber so lange würde es nicht dauern, höchstens fünf – wenn die Bewegung mit der gleichen Geschwindigkeit weiterwuchs wie bisher, würden die Militärs klein beigeben. Das war für sie die beste Möglichkeit, ihr Geld und ihre Erben in der Industrie und auf bestimmten Posten zu platzieren. Sie werden direkte Präsidentschaftswahlen zulassen. So wie sie stillschweigend direkte Wahlen für die Gouverneure der Bundesstaaten akzeptiert haben. Es wird Kandidaten geben. Ernsthafte und Abenteurer. Und diese Kandidaten werden Kampagnen veranstalten müssen. Wahlkampagnen bewegen Millionen. Millionen Dollar. Die Bauunternehmer werden sich beteiligen, die Viehzüchter werden sich beteiligen, die Industriellen werden sich beteiligen, die multinationalen Erdölgesellschaften werden sich beteiligen, die multinationalen Tabakkonzerne werden sich beteiligen, das Geld wird von allen Seiten herbeiströmen. Ein Teil davon wird ganz offiziell in die Kampagnen fließen. Der Rest unter der Hand. Verbündete wie er und Olavo würden dieses Geld in Koffern sicher außer Landes befördern können. Natürlich gegen einen angemessenen Prozentsatz.

»Wir stehen auf gutem Fuß mit dem Türken. Er war ein Freund meines Schwiegervaters. 1978 hat er dessen Konten sowie die meiner Frau und meiner Schwager genutzt, um sich mehreren Abgeordneten erkenntlich zu zeigen. Und diese Gefälligkeit hat er nie vergessen. Dein erstes Auslandskonto hast du eröffnen können, nachdem der Türke gewählt worden war, weißt du noch, Olavo? Mit dem Geld, das unsere Agentur mit der Kampagne für die staatlichen Organisationen verdient hat. Wo war das noch mal: auf den Cayman-Inseln oder in New York?«

Es war eine rein rhetorische Frage, und Olavo machte sich nicht die Mühe, sie zu beantworten. Ernesto fuhr fort:

»Der Türke hat uns in Kontakt mit den Politikern der alten Aliança gebracht. Wir haben die Ausschreibungen für die Kampagnen von zwei Staatsbanken im Nordosten gewonnen. Aber die Rechte schwächelt, Olavo. Die Zukunft liegt bei den Linken. Man braucht nur da runterzuschauen.«

»Der Türke wird irgendwann im Knast landen.«

»›Er stiehlt, aber er tut was‹, heißt es. Die einfachen Leute mögen ihn. Solange er weiter Tunnel und Brücken baut und Verbrecher aus dem Weg räumen lässt, werden sie ihn wählen.«

Olavo richtete den Blick wieder auf die Korrekturen. Ernesto wandte sich von ihm ab, immer noch gebannt von dem Schauspiel auf dem Platz und in den Straßen und Gassen unter ihm.

»Bei dieser Versammlung sind mindestens hunderttausend Leute, vielleicht mehr. Wir müssen Kontakte zur Linken knüpfen, Olavo. Deine Frau ist unser Trumpf.«

»Selma ist politisch nicht mehr aktiv.«

»Was soll das heißen? Sie hat Unterschriften für die Gründung der Arbeiterpartei gesammelt, sie verkehrt mit Abgeordneten und Senatoren der Partei der Brasilianischen Demokratischen Bewegung, sie hat zu Protesten gegen den Tod von Vladimir Herzog aufgerufen, sie hat den Exilanten in Paris Nachrichten überbracht, sie wurde verhaftet, als sie noch Studentenführerin war …«

»Das war Anfang der Siebziger in Belém. Sie pflegt noch ihre alten Freundschaften, aber das ist auch schon alles. Heutzutage kümmert sich Selma bloß noch um unsere beiden Töchter. Sie hat nicht mal Lust, ins Kino oder ins Theater zu gehen, sie will die Mädchen keine Minute allein lassen. Sie ist eine echte Vollzeitmutter.«

»Hat sie nicht kürzlich für Fernando Henrique gearbeitet?«

»Das ist über ein Jahr her.«

»Und dieser Beraterjob, den sie ...«

»Selma und du, ihr könnt euch nicht ausstehen, Ernesto. Deine Frau hasst Selma, und diese Abneigung beruht auf Gegenseitigkeit ...«

Scheiß auf die Sympathie, die brauchte kein Mensch. Was er brauchte, waren Selmas Kontakte. Sie würde sie den Führern der Linken vorstellen, einschließlich dem Senator und den beiden Bundesabgeordneten, für die sie schon als Presseberaterin gearbeitet hatte und die eines Tages ihr Geld mit den Vertretern der Rechten teilen würden.

»Ruf Selma an. Lad sie zum Abendessen ein. Ihr geht ins La Tambouille oder in irgendein anderes angesagtes Restaurant. Zeig, dass du stolz bist, dich an ihrer Seite blicken zu lassen. Ich tauche dann vor dem Nachtisch auf, ohne Adélia, und bringe das Thema ganz nebenbei zur Sprache.«

»Ich kann nicht.«

»Natürlich kannst du. Ich werde Adélia sagen, dass wir die Kampagne erst in zwei Tagen präsentieren.«

»Ich kann nicht.«

»Na los, greif zum Telefon. Vergiss die Anzeigen.«

»Ich kann nicht.«

»Dann rufe ich sie eben an. Ich erzähle ihr, dass ich anrufe, weil du bis über beide Ohren in dieser Supermarktkampagne steckst, aber neue Zukunftsperspektiven entdeckt hast, die zu komplex sind, als dass man sie am Telefon bereden könnte, und dass du – dass wir – mit ihr reden müssen. Dringend. Ein Gespräch, von dem die Zukunft ihrer Töchter abhängt«, schloss er und ging zum Telefon.

Olavo stand auf und vertrat ihm den Weg.

»Ich kann nicht. Und das liegt nicht an der Kampagne.«

Ernesto hatte schon die ersten Ziffern gewählt.

»Lass das, leg wieder auf.«

Ernesto sah ihn fragend an.

»Ich kann nicht. Ich habe heute Abend eine Verabredung.«

»Na und?«

Olavo nahm Ernesto den Hörer aus der Hand und legte ihn auf die Gabel.

»Ich bin verliebt. Ich stecke total in der Scheiße.«

Bevor Ernesto anfangen konnte, ihm Fragen zu stellen, die ihn dazu verleiten könnten, mehr preiszugeben, als er wollte oder sollte, erklärte Olavo, dass er eine Frau kennen gelernt hatte.

Er verlegte den Beginn ihrer Beziehung von November auf März und ihre erste Begegnung von dem Studio, wo sie sich als Model für eine Bierwerbung beworben hatte, auf einen Flug von São Paulo nach Porto Alegre. Besorgt und stolz zugleich gestand er:

»Sie ist fünfzehn Jahre jünger als ich.«

»Super. Nutz es aus. Liebe kann so schön sein und so weiter und so weiter. Aber triff dich an einem anderen Abend mit ihr. Unser Essen mit Selma ist wichtiger.«

»Ich kann nicht. Mara ist alleine in São Paulo.«

»Dann triff dich morgen mit ihr.«

»Morgen fliegt sie nach Porto Alegre zurück. Sie lebt in Porto Alegre. Und sie ist verlobt. Mit einem Ingenieur. Den sie nächsten Monat heiraten wird. Oder in zwei Monaten. Eigentlich heiraten wollte. Die Hochzeit ist schon geplant.«

»Sag ihr, dass es heute Abend unmöglich geht. Dass du ein unaufschiebbares *Business Meeting* hast. Sag die Verabredung mit dieser Frau ab, Olavo.«

»Ich kann nicht. Heute Abend« – er öffnete den ledernen Businesskoffer mit den vergoldeten Verschlüssen, in dem er sorgfältig seine Unterlagen hütete, und zog einen Bund mit vier Schlüsseln unterschiedlicher Größe und Form hervor –»werde ich ihr die Schlüssel für die Wohnung geben, die ich für sie in der Alameda Casa Branca gekauft habe. Damit sie kapiert, dass sie ihre Hochzeit mit dem Ingenieur aus Furnas abblasen kann.«

»Bist du übergeschnappt? Eine Wohnung für deine Geliebte im selben Viertel, in dem du mit deiner Familie lebst?«

»Sie ist nicht meine Geliebte. Ich werde mich trennen und mit Mara zusammenziehen. Ich bin verrückt nach ihr.«

Beinahe hätte er Ernesto anvertraut: Mara ist der beste Fick, den ich je hatte. Stattdessen sagte er:

»Mara ist die Frau meines Lebens. Ich will, dass sie meine Ehefrau wird.«

»Kommt nicht in Frage! Nicht jetzt, Olavo. Dies ist nicht der richtige Moment, um dich von Selma zu trennen. Das wäre fatal für unsere Pläne.«

»Deine Pläne. Meine Pläne schließen Mara ein.«

»Unsere Pläne. Unsere zukünftigen Millionen Dollar. Woher kommt diese Frau, die dich so verrückt macht?«

»Porto Alegre.«

»Und wer ist sie?«

Olavo beschränkte die Informationen auf das Nötigste. Mara ist groß, blond, gutaussehend, hat blaue Augen. Er fügte hinzu: Sie war mit ihrer Mutter unterwegs. Und: Sie war die Vertreterin für Rio Grande do Sul bei einer internationalen Konferenz über Tourismus in Bahia. Und: Sie war mal Miss Porto Alegre. Und: Mara ist schüchtern und blass und errötet bei jedem Kompliment, das ich ihr mache. Und: Mara ist Einzelkind. Und: Die Mutter stammt aus Italien, der Vater ist deutscher und azorianischer Herkunft. Und: Die Familie besitzt eine Schmuckladenkette im Landesinneren. Und: Ihr Vater starb, als sie klein war. Und: Mara hat keines der teuren Geschenke angenommen, die ich ihr machen wollte. Und: Mara will kein Geld von mir, nicht mal fürs Taxi. Und: In ihr habe ich alles wiedergefunden, was ich mit Selma verloren habe.

»Ich bin verrückt nach ihr«, wiederholte er.

»Habt ihr schon gebumst?«

»Nein.«

»Ihr habt nicht gebumst?«

»Doch.«

»Ja oder nein?«

»Ich habe Mara verführt. Sie wollte nicht. Schließlich war sie verlobt. Sie wollte diesen Ingenieur nicht betrügen. Ich habe sie bedrängt, habe alles getan, alles versucht, damit sie mit mir ins Bett geht. Sie hat sich widersetzt, so gut sie konnte. Aber am Ende hat sie nachgegeben. Ich habe es ihr besorgt wie nie jemand zuvor. Sie hat geweint, Ernesto. Richtig geschluchzt.«

»Ein guter Fick ist noch kein Grund, eine Frau zu heiraten, Olavo.«

»Mara ist sehr viel mehr als ein Fick. Sie liebt es, in meinen Armen zu liegen. Sie liebt es, mir zuzuhören. Alles, was Selma und ich nicht mehr miteinander bereden, bespreche ich mit Mara. Wir führen stundenlange Gespräche. Sie braucht mich nur anzusehen, und schon habe ich das Verlangen, mich zu öffnen, ich selbst zu sein, so wie ich bin. Wie ich einmal war. Wie ich sein möchte. Weißt du, wie das für einen Mann in meinem Alter ist, Ernesto, eine Frau zu haben, die so etwas in dir weckt?«

»Sieh mal, Olavo: Diese Situation ...«

»Sie schläft in meinen Armen ein, Ernesto.«

»In jeder Ehe kriselt es einmal ...«

»Ihr ist es völlig egal, auf welche Schule die Mädchen gehen, was sie anziehen, welche Bücher sie lesen, wohn ihr Schulausflug geht, was für eine Zahnspange sie tragen, verstehst du, Ernesto? Selma ist ein guter Mensch, sie ist eine Frau mit vielen guten Eigenschaften, eine gebildete Frau, sie ist ... Sie ist ... Sie ist nicht mehr so wie früher, als wir jung waren. Ich bin immer noch ehrgeizig. Sie dagegen ... Heute ist Selma ... Sie hört nicht mal mehr Musik. Das, was sie früher so gern gehört hat, Coltrane, Bill Evans, Tom, Elis, nichts mehr. Sie interessiert sich nur noch für die Mädchen. Mara interessiert sich für mich. Für mich. Für mich, Ernesto. Mit Mara rede ich über meine Pläne. Meine Träume. Sie findet es nicht albern, dass ich der größte Werbemanager von Brasilien werden will. Sie bewundert das. Und sie ist stolz darauf, mit mir zusammen zu sein. Sie will alles über meine Vergangenheit wissen. Ich erzähle ihr von meiner Jugend in Belém. Welche Bücher ich gelesen habe. Welche Filme ich gesehen habe. Welche Musik ich gehört habe. Ich erzähle ihr Dinge, die Selma langweilig finden würde und die Mara hochinteressant findet. Ich eröffne Mara eine Welt, die ihre Generation nicht kennt. Ich erzähle ihr von Jules Verne, Alfred Hitchcock und Grace Kelly. Cary Grant. Cyll Farney. Oscarito. Humphrey Bogart. Ingrid Bergman. Celly Campello. Rita Pavone. Nat King Cole. Ella Fitzgerald. Cole Porter. Jacques Brel, Jeanne Moreau, Jean Seberg, Belmondo, Jerry Lewis, Jacques Tati, Gustav Klimt, Brâncuşi, Modigliani. Ich erzähle ihr von Fußball, Werbung, Design, den brasilianischen Juden, die aus Recife auswanderten und New York gründeten, von den ersten japanischen Einwanderern, die Pfeffer in Pará anpflanzten, von der Pariser Kommune, dem Schatz der Romanoffs, den Fotos von Cartier-Bresson, dem allmählichen Versinken Venedigs, von allem. Ich rede über alles. Alles, worüber ich mit Selma nicht mehr reden kann. Und Mara liebt es, mir zuzuhören.«

»Aber wir brauchen Selma.«

»Ich kann nicht zulassen, dass Mara heiratet. Ich kann diese Frau nicht verlieren.«

»Ich rede nicht von Leidenschaft, sondern von Millionen Dollar. Bleib weiterhin mit Selma verheiratet. Und kauf dieser Miss Gaúcho eine Wohnung.«

»Mara.«

»Kauf Mara eine Wohnung in einem anderen Stadtteil von São Paulo. Ich erledige das alles für dich. Aber trenn dich jetzt nicht von Selma. Noch nicht. Unternimm eine Reise mit Mara. Ich werde Selma gegenüber alles verschleiern. War Mara schon mal in Paris? Nimm sie mit nach Paris. Alle Frauen lieben Paris. Nein, nicht Paris. Da ist alles voller Brasilianer. Flieg nach New York. Der Dollar steht hoch, die Preise sind hoch, du wirst in New York keinen einzigen Brasilianer treffen. Ich kenne ein schickes diskretes Hotel in der Park Avenue. Verschieb die Trennung von Selma um ein Jahr. Nur um ein einziges Jahr. In diesem Jahr werden wir mit den Leuten von der Linken essen gehen. Wir werden ihre Freunde. Wir bringen sie mit Leuten in Verbindung, die ihre Kampagnen finanzieren werden. Nur für ein Jahr, Olavo. Ein einziges Jahr. Danach könnt ihr für immer zusammen glücklich sein, Mara und du. Und jetzt komm hierher ans Fenster. Steh auf. Komm her und sieh dir die Zukunft an, die ich meine. Komm schon. Na los.«

Er konnte sich nicht erinnern, Ernesto je so enthusiastisch gesehen zu haben, so begeistert, dass er ihn offen anlächelte, sogar vergaß, dass er sich für seine weit auseinanderstehenden gelben Zähne schämte, die er sonst hinter den geschlossenen Lippen verbarg.

»Komm her, Olavo. Na, komm schon.«

Olavo saß noch einen Augenblick reglos da. Dann legte er die Hände an die Tischkante, schob den Stuhl zurück, klopfte sich auf die Schenkel, stand auf und ging ans Fenster. Er verschränkte die Arme, sprach kein Wort. Die Menge auf dem Platz vor der Kathedrale zerstreute sich allmählich.

Eine halbe Stunde später war kaum noch jemand da. Die wenigen Demonstranten, die sich weiterhin auf dem Platz und in den umliegenden Straßen herumdrückten und von denen einige noch immer Plakate und Fahnen schwenkten, waren auf der Suche nach den Gruppen, mit denen sie gekommen waren, verabschiedeten sich von anderen, umarmten einander, begaben sich zu den Bus- und U-Bahn-Haltestellen. Die Regierung des Bundesstaats hatte beschlossen, dass an diesem Tag alle öffentlichen Verkehrsmittel gratis waren.

Als es im Zentrum von São Paulo endlich still geworden war, befolgten die Militärpolizisten den letzten Tagesbefehl: Sie marschierten in geschlossener Formation von der Avenida Rangel Pestana, wo sie Wache gehalten hatten, zu den Minibussen, die in der Rua Frederico Alvarenga auf sie warteten, um sie zurück in die Kaserne zu bringen.

Sergeant Carlos Roberto da Costa ging zur hintersten Bank, setzte sich, ohne zu beachten, worüber sich seine Kameraden unterhielten, und zündete sich eine Zigarette an.

Zwei Leutnants, die das Wachkommando befehligten, wunderten sich, dass es bei einem solchen Massenauflauf nicht zu Zwischenfällen gekommen war – keine Besoffenen, keiner, der meinte, besonders mutig sein oder provozieren zu müssen, keine Aggressoren, nicht einmal die üblichen Taschendiebe. Auch von den Gewerkschaftern und den Agitatoren, die mit ihnen im Bunde standen, hatte es keinerlei Provokationen gegeben. Weiter vorne zählten ein Gefreiter und ein Sergeant die Namen der Fernsehschauspieler und Sänger auf, die sie auf der Bühne gesehen hatten. Keiner davon sagte ihm etwas. Neben ihm wurde diskutiert, wie unfair es war, dass der Brasilianer Zico den Titel als Weltfußballer an den Franzosen Michel Platini verloren hatte, und dass Sócrates und Roberto Dinamite in die Nationalmannschaft aufgenommen worden waren, was der eine Soldat guthieß und der andere kritisierte.

Warum waren wir überhaupt hier?, fragte sich Sergeant Costa. Um die Ordnung aufrechtzuerhalten? War das jetzt eine Demonstration für oder gegen die Regierung? Es haben Leute von der Regierung geredet, und es haben Leute geredet, die gegen die Regierung waren. Um diese Zeit schläft Barbara jedenfalls schon, bestimmt. Ihre Geburtstagsfeier ist vorbei, ihre Mutter hat sie ins Bett gebracht und ist ebenfalls schlafen gegangen. Sie hat einen Teller mit einem Stück Kuchen und ein paar Süßigkeiten für mich auf die Küchentheke gestellt. Wenn etwas übrig geblieben ist. Wenn nicht, ist es auch egal.

Er nahm einen letzten Zug, ließ die Kippe auf den Boden fallen und trat sie aus.

Was für einen Unterschied macht es für die Leute, ob sie ihren Präsidenten wählen oder nicht? Die Politiker sind doch sowieso alle gleich. Wird der Präsident ihrem Elend ein Ende machen? Wird er die Preise für Reis oder Brot oder schwarze Bohnen senken? Oder für Fleisch? Oder die Mieten? Nein, natürlich nicht. Wie soll ein Präsident auch die Mieten senken können? Das kann er nicht. Seit ich ein Kind war, sind die Preise immer gestiegen, in den letzten Monaten allerdings noch viel mehr als sonst. Allein Barbaras Geburtstag hat …

Irgendwann habe ich nicht mehr mitgerechnet. Und dabei hat Kátia nicht mal was Besonderes gemacht. Ich habe Hackfleischbällchen gesehen, Stockfischkroketten, ein paar Hähnchenschenkel – mehr nicht. Das war für Barbaras Freunde und die paar Verwandten. Sicher hat Kátia auch die beiden Mädchen eingeladen, die mit ihr im Friseursalon arbeiten, und ein, zwei Nachbarn.

Bei uns im Viertel wohnen alle zur Miete.

Aber eines Tages werde ich uns ein Haus kaufen.

Eines Tages werde ich keine Miete mehr zahlen müssen.

Es kann ruhig ein kleines Haus sein, später ziehen wir dann in ein größeres, wenn die Dinge besser laufen, wenn ich befördert werde und ein bisschen mehr verdiene. Es muss ja nicht gleich ein Haus sein, eine Wohnung tut's auch.

Aber ihren fünfzehnten Geburtstag soll meine Tochter dann im eigenen Haus feiern.

Ich mag keine Süßigkeiten. Aber ich wäre gerne beim Geburtstag meiner Tochter dabei gewesen. Das hätte ihr gefallen. Und ich hätte gern ein Geburtstagslied für sie gesungen. Und ein Stück von dem Geburtstagskuchen gegessen, den Kátia für meine Tochter gebacken hat. Für unsere Tochter. Von dem Kuchen, den sie zur Feier des zehnten Geburtstags unserer Tochter gebacken hat. Ich mag keine Süßigkeiten. Aber wenn sie sie mir gegeben hätte, hätte ich sie gegessen. Und wie gern!

Ich habe mir nie vorstellen können, dass ich eines Tages eine Tochter haben würde und dass sie eines Tages zehn Jahre alt werden und es ein Fest für sie geben würde und dass ich es würde bezahlen können. Wo ich doch nie eine Geburtstagsfeier hatte. Vielleicht denkt sie, dass ich nicht zu ihrer Feier gekommen bin, weil ich nicht wollte. Aber ich wollte ja! Ich wäre wirklich gerne dabei gewesen. Und trotzdem, wenn ich ehrlich bin, war ich erleichtert, dass ich heute Dienst hatte. Das ist mir lieber so. Ich mag meine Tochter sehr, mehr als alle anderen Menschen, aber es ist besser, dass ich heute gearbeitet habe. Bei dem Fest waren sicher viele Leute, und ich weiß nicht, wie man sich mit vielen Leuten unterhält. Nicht einmal mit wenig Leuten. Egal, wie viele Leute bei Barbaras Geburtstag waren. Ich weiß es nicht. Ich habe kein Talent für so was.

Warum sind so viele Leute auf dem Platz vor der Kathedrale zusammengekommen? Nur um zu zeigen, dass sie den Präsidenten direkt wählen wollen?

Guaraná. Ich war so alt wie Barbara, als meine Tante mir meinen ersten Guaraná spendiert hat. In einem kleinen Fläschchen, das vielleicht extra für Kinder gemacht war. Und es hat mir geschmeckt. Und wie es mir geschmeckt hat! Es war schrecklich, dass ich nicht gleich noch einen trinken durfte. Nicht an diesem Sonntag. Ich glaube, es sind viele Sonntage vergangen, bis ich wieder so einen kleinen Guaraná getrunken habe. Und danach wollte ich nie wieder einen. Ich habe gelernt, dass es nicht gut ist, sich Dinge zu wünschen, die man nicht erreichen kann. Und daran halte ich mich bis heute. Bei allem. Ich will Dinge nur, wenn ich weiß, dass ich sie auch erreichen kann. Ich will nur, was ich wollen kann.

Ich weiß, dass ich nicht sehr klug bin. Aber ich kann eine Menge. Ich bin fleißig. Es tut mir nicht leid, dass ich nicht länger zur Schule gegangen bin. Trotzdem wüsste ich gerne mehr, ich würde die Dinge gerne besser verstehen, ich wünschte, ich hätte eine Antwort auf die Fragen, die ich mir selbst stelle, aber dumm bin ich nicht. Ich mache hier ordentlich Karriere. Ich bin gesund. Ich bin schnell, meine Augen sind gut, ich kann gut zielen, habe eine gute Reaktion. Ich weiß, was bei Einsätzen zu tun ist, ich weiß, ob man in eine Sackgasse vordringen kann oder lieber nicht, ich weiß, wann man eine Tür auftritt oder besser daneben stehen bleibt und ein Gespräch mit dem Bewaffneten hinter der Tür anfängt. Ich weiß das alles. Ich brauchte das nicht zu lernen. Ich sehe hin, höre hin und weiß Bescheid.

Zu Hause weiß ich nicht Bescheid. Ich verstehe nichts. Kátia redet, und ich versuche zu verstehen, was sie über mich sagt, über die Leute, ich versuche zu verstehen, wieso sie unzufrieden ist, sie sagt, dass sie unzufrieden ist, dass sie nicht glücklich ist, dass sie schon lange nicht mehr glücklich ist, warum ist sie nicht glücklich? Warum nicht? Ist es für Frauen wirklich so schwer, glücklich zu sein? Sie kann nicht behaupten, ich wäre nicht gut für sie, ich weiß, dass ich das bin. Nur reden mag ich nicht. Ich mag keine langen Gespräche führen. Ich bin kein gesprächiger Mensch. Ist es denn so wichtig, dass man viel redet? Ich rede nicht gern. Ich habe nichts dagegen, bloß zuzuhören. Ich kann gut zuhören. Nur reden kann ich nicht. Das konnte ich noch nie. Wenn man mir sagt, was ich tun soll, dann tue ich es. Aber reden? Nein. Was nicht heißt, dass ich es nicht mag. Ich mag es, wenn geredet wird. Ich höre gerne zu. Das mag ich. Aber ich kann nicht so reden, wie ich will, wie ich gerne würde. Wenn ich rede, sage ich nicht das, was ich denke. Was ich denke, ist besser als das, was ich sage. Deshalb bringt es nichts, wenn ich rede. Ich sage nicht das, was ich gerne sagen würde. Ich rede nur, so gut ich es kann.

Für sie und für Barbara tue ich alles. Alles. Sogar mehr, als ich kann. Ich kaufe ihr, was immer sie will. Alles. Ich habe ihr den Friseursalon eingerichtet, und dafür habe ich mir Geld leihen müssen, ich bin bis über beide Ohren verschuldet, aber das hat nichts geholfen, bei ihr hilft nichts, es hat nicht geholfen. Sie sagt, das ist es nicht, es liegt nicht am Geld, und ich sage ihr, dass ich nicht sagen kann, was sie hören will. Ich bin nicht so. Ich habe das nicht gelernt. Sie sagt, dass ich nie da bin, das ist das Problem. Dass ich nicht öfter zu Hause bin. Ich soll mehr reden und öfter zu Hause sein. Da läuft was falsch, sagt sie. Aber wie soll ich öfter zu Hause sein? Ich muss arbeiten, muss zusehen, wo ich bleibe, muss mehr Wachen schieben, Nachtdienste machen, tun, was ich kann, weil ich Schulden abzubezahlen habe und weil ich nicht ruhig zu Hause sitzen kann. Das habe ich nie gelernt. Ihr fehlt es an nichts. Und Barbara auch nicht. Ich lasse nicht zu, dass es meiner Tochter an irgendetwas fehlt. Das habe ich noch nie getan und werde es auch nicht tun.

Irgendwann einmal, in ein paar Jahren, wenn sie

alt genug ist für die Aufnahmeprüfung für die Universität, werde ich genug Geld haben, um ihr ein Studium zu bezahlen, und Barbara wird die Erste in unserer Familie sein, in meiner Familie und in Kátias Familie, die ein Universitätsdiplom hat. Dafür werde ich sorgen. Ich werde für ihre Zukunft sorgen. Ja, das werde ich.

Kapitel 14

Abend
Montag, 20. August
18:10 – 21:30 Uhr

Nacht
Dienstag, 21. August
00:15

Dass es so lange dauerte, erschien ihr nicht normal. Aber da sie sich immer noch nicht an die Verspätungen durch die Staus in der Großstadt gewöhnt hatte, wartete Irene stillschweigend ab. Sie versuchte, nicht daran zu denken und sich keine Sorgen zu machen. Stattdessen begoss sie den Braten im Ofen mit Rotweinsoße, bereitete die Knoblauchmarinade für das Filetstück des Roastbeefs vor, für den Fall, dass Doutor Olavo lieber Roastbeef aß statt Braten, wusch derweil das Gemüse für den Salat, legte die gehobelten Mandeln beiseite, die sie an den Reis tun würde, falls er sich doch für den Braten entschied, schälte die Kartoffeln, die sie kochen würde, bevor sie sie mit geriebenen Zwiebeln in Butter bräunte, und die sowohl zum Roastbeef als auch zum Braten passten. Sie beschäftigte sich, aber sie beruhigte sich nicht. Als es nach sechs war, ging sie zu Stephan.

Ihr Mann räumte gerade die Leiter und die Werkzeuge weg, die er gebraucht hatte, um das Dach des Waschhauses zu flicken. Sie half ihm, trug den Eimer und den Hammer, fragte ihn, ob er hungrig sei und gleich zu Abend essen wolle, und er sagte ja, aber zuallererst wolle er ein heißes Bad nehmen. Sie erwähnte Stephan gegenüber mit keinem Wort, dass der Wagen, in dem der Major den Jungen abgeholt hatte, verspätet war. Sie wusste nicht, wie sic es ihm hätte sagen sollen. Stephan war dagegen, dass sie das Auto des Chefs benutzten. Und er war dagegen gewesen, den Jungen herzuholen. Er glaubte, dass er geistig zurückgeblieben war und ihnen in São Paulo nur im Wege wäre. Unter Schafen, inmitten von Tabak- und Erdbeerfeldern war er besser aufgehoben. Bei Onkel und Tante, in einer Schar von anderen Kindern und Verwandten, die ihn nahmen, wie er war, und kaum verspotteten. Dort konnte er lernen Unkraut zu jäten, zu säen, zu bewässern und zu ernten. Das war das Richtige für ein taubstummes Kind. Aber Irene hatte darauf bestanden. Sie glaubte, in der Stadt könne das Kind wenigstens lesen und schreiben lernen. Für den Fall, dass sie nie wieder nach Anápolis zurückkehrten – und sie hoffte, eines Tages dorthin zurückzukehren, zu den grünen Hügeln mit Blick auf den Fluss unten im Tal –, wäre ihr Kind wenigstens in guter Obhut. Bei Vater und Mutter. Wie auch immer. An ihrer Seite. Wie es sich gehörte. Er hat keine Schuld daran, dass er so geboren ist, dachte sie auf dem Weg zurück zur Küche. Es ist meine Schuld.

Sie wärmte die Gemüsesuppe mit Nudeln auf, die Stephan an kalten Abenden wie diesem gerne aß, kümmerte sich gleichzeitig um die Töpfe mit Reis, schwarzen Bohnen, Kürbis und mit Karotten gefülltem Rollbraten, die für die Hausangestellten gedacht waren. Dann deckte sie den Tisch mit Geschirr, Besteck und Papierservietten. Sie war gerade dabei, die Töpfe vom Herd zu nehmen, als die Sicherheitsleute die Küche betraten, begleitet von zwei Polizisten in Uniform. Da wusste Irene, dass irgendetwas schiefgegangen war. Entsetzlich schief.

Der Bolivianer drehte eine weitere Runde durch die Kleinstadt, fuhr noch einmal durch die leeren, dunklen Straßen von Pilar do Sul. Der kalte Regen ließ den Asphalt erglänzen.

Er hatte keine offene Apotheke gefunden.

Die Gummiblätter des Scheibenwischers an dem grauen Fiat gaben bei jeder Bewegung von links nach rechts ein hässliches Geräusch von sich, als würden sie das Glas zerkratzen. Er hatte sich daran gewöhnt und nahm es nicht mehr wahr, aber dem Kerl mit dem rasierten Schädel auf dem Beifahrersitz ging das Kratzen auf die Nerven.

»Kannst du diese Scheiße nicht in Ordnung bringen?«

Beruhige dich, Alfonso, dachte er, sprach es aber nicht aus. Warum bist du immer so nervös? Reg dich ab. Hör auf, ständig die Trommel an deiner Magnum auf- und zuzuklappen. Von diesen Anabolika, die du nimmst, bekommst du eine weiche Birne.

»Ich weiß, dass es hier mindestens zwei Apotheken gibt«, sagte Guillermo, »aber ich kann sie nicht finden. In Brasilien verkaufen sie manchmal auch Medikamente in Bars. Nicht alles. Aspirin ja, das habe ich schon gesehen. Aber hier hat alles zu. In Orten wie diesem gehen die Leute früh schlafen.«

»Ist die nächste Stadt weit weg?«, wollte Alfonso wissen.

»Nicht besonders«, sagte Guillermo. »Dreißig, vielleicht vierzig Kilometer. Ich weiß es nicht. Es gibt vier Städte hier in der Umgebung. Sie sind alle klein und eine wie die andere.«

»Dann lass uns zur nächsten fahren. Ich habe die Nase voll davon, in dieser Geisterstadt herumzukurven.«

Wie friedlich er schläft, trotz des Fiebers, dachte Emiliano, während er die Stirn des Jungen befühlte. Er regt sich kaum. Und das Fieber scheint gestiegen zu sein. Er ist blasser geworden. Und er macht die Augen nicht auf. Seine Haare sind feucht vom Schweiß und die Kleider auch. Wir haben nichts zum Wechseln. Er braucht dringend Medizin. Hier drinnen ist es kalt. Es gibt keine Feuerstelle, keinen Holzofen, nichts, womit man heizen könnte. Warum bauen die Brasilianer in kalten Gegenden wie dieser Häuser ohne Heizung? Was denken sie sich dabei? Glauben sie, dass das ganze Jahr über Sommer ist? Was mache ich mit diesem fiebernden Kind? Meinen Sohn hat seine Mutter in eine Wanne mit kaltem Wasser gesteckt, wenn er Fieber hatte. Und er hatte oft welches. Immer. Bis zum Ende. Trauriges Kind. Traurige Mutter. Verdammte Traurigkeit. Ich scheiß auf die Traurigkeit. Sie kann mich mal. Sie soll sich verdammt noch mal verpissen, die verfickte Traurigkeit. Sie sollen sich alle verpissen. Alle. Alles. Scheiße. Scheiß auf alles.

Der Uruguayer ging zu dem Bett in der Zimmerecke, nahm die Decken und Laken, die darauf lagen, trug sie zu dem Jungen hinüber und deckte ihn damit zu. Dann wischte er ihm Stirn und Haare trocken.

Warum haben wir nichts anderes zum Anziehen für ihn? Wieso haben wir nicht daran gedacht, Wäsche zum Wechseln zu kaufen, wenn wir doch wussten, dass er vielleicht viele Tage bei uns bleibt? Oder Wochen, bis sein Vater die Summe zahlt, die wir verlangen? Warum hat Daniel nicht angeordnet, neue Kleider zu kaufen? Ein Erwachsener kann wer weiß wie lange in denselben Klamotten herumlaufen, ewig. Ohne sich umzuziehen. Aber ein Kind scheißt in die Hosen, pinkelt sich voll, macht sich schmutzig, so wie der hier sich vollgepinkelt hat. Was hat Daniel sich gedacht, wie lange das Kind bei uns bleibt? Warum nehmen wir ihn nicht direkt mit nach Paraguay? Warum halten wir ihn bis zu seiner Rückgabe nicht dort fest, wo wir alles besser unter Kontrolle haben, wo wir auch schon andere Gefangene hingebracht haben und auf gutem Fuß mit den gekauften Beamten stehen?

Was haben Daniel und der Brasilianer wirklich mit dem Jungen vor?

Die ersten vier Versuche, die Arbeitgeber ihres Vaters zu erreichen, waren fehlgeschlagen. Beim ersten Mal hatte niemand abgenommen, beim zweiten Mal hatten sie gleich wieder aufgelegt, beim dritten Mal hatte sie ihre Zeit mit einer schwerhörigen Alten vergeudet, beim vierten Mal hatte ihr ein weinerliches Kind erzählt, es sei allein zu Hause und habe Hunger.

Barbara stand in der offenen Telefonkabine, mit eingezogenen Schultern wegen der Kälte, die immer unangenehmer wurde, je mehr der feine Regen durch ihre Kleidung drang, und versuchte, die Nummer auf dem Stück Zigarettenpapier zu wählen, das der Major ihr gegeben hatte. Bei jedem Anruf änderte sie die letzte, unleserliche Ziffer. Es war eine Drei, eine Acht, eine Sechs, eine Sieben oder eine Fünf. Ein Versuch blieb ihr noch.

Sie hätte einen Anwalt aufgesucht, wenn sie einen gekannt hätte. Ihr Vater hatte nichts mit Drogen zu tun, da war sie sich sicher. Er konnte nichts mit Drogen zu tun haben, da war sie sich sicher. Wegen seines Charakters und weil ein korrupter Polizist niemals in so ärmlichen Verhältnissen leben würde. Da war sie sich sicher. Seine Arbeitgeber würden ihr helfen, einen Anwalt zu finden. Ganz bestimmt würden sie ihr helfen. Sie würden bestätigen, dass er sich immer korrekt verhalten hatte. Da war sie sich sicher. Ihr blieb auch nichts anderes übrig.

Wieder steckte sie einen Telefonchip in den öffentlichen Fernsprecher. Sie hörte das Läuten am anderen Ende. Acht Mal zählte sie. Danach ein Klicken. Die Stimme eines Anrufbeantworters sprach Englisch mit amerikanischem Akzent. *We're sorry we can't take your call right now. Please record your message after the tone and we'll call you back as soon as possible.*

Die unerwartete Fremdsprache überraschte Barbara

und schüchterte sie ein. Sie hängte auf, ohne eine Nachricht zu hinterlassen.

Ein letzter Telefonchip war ihr geblieben. Sie sah nirgendwo in der Nähe einen Zeitungsstand oder eine offene Bar, wo sie Nachschub hätte kaufen können.

Ein Chip.

Ein letzter Versuch.

Gott, wenn es Dich gibt, dann rette meinen Sohn. Zeig Dein Gesicht, Gott. Beweise, dass Leute wie ich nicht nur dazu da sind, um zu arbeiten, Kinder zu bekommen, zu arbeiten, einen Kühlschrank zu kaufen, zu arbeiten, ein Stück Land zu erwerben, zu arbeiten und immer weiter zu arbeiten, bis man eines Tages stirbt, in immerwährender Angst vor Elend und Hunger zu leben und eines Tages zu sterben, voller Schmerzen, mit einem Loch in einem drin, das einen auffrisst, dem Loch, das meine Mutter umgebracht hat und aus dem mein Sohn gekommen ist, so klein, so blass, so hilflos, und den ich nicht haben wollte, Gott. Lass ihn nicht sterben, Gott. Oder lass ihn sterben, wenn das besser für ihn ist. Wenn Du ihn nicht zu Dir genommen hast, als ich ihn loswerden wollte, als er in meinem Bauch war, Gott, warum lässt Du dann dieses Kind erleiden, was es jetzt erleidet? Ist es meine Schuld, dass er so geboren ist, Gott? Oder warst Du es, o Herr, um mich zu bestrafen und für immer an das Böse zu erinnern, das ich getan habe, Herr, als ich versucht habe, ihn abzutreiben, wieder und wieder, mit allen Mitteln, Gott? Sprich mit mir, Gott. Beantworte meine Frage, sag mir, ob das, was ich getan habe, schuld daran ist, dass er so geboren ist. Bin ich schuld daran, dass er so geboren ist, Gott? Oder willst Du mir so zeigen, dass es Dich gibt und dass Du mich für den Rest meiner Tage hier auf Erden bestrafen willst, willst Du, dass ich meine Lektion lerne und in dieser Welt leide, Gott, entsetzlich leide, bevor ich sterbe und in Deine Welt übergehe, wenn es Deine Welt überhaupt gibt, Gott, sprich mit mir. Sprich mit mir. Sag mir etwas. Gib mir ein Zeichen. Du, der Du Moses ein Zeichen gesandt hast, der Du den Dornbusch in Brand gesetzt hast, um zu zeigen, dass es Dich gibt, Du, der Du Abraham den Dolch aus den Händen gerissen hast, bevor er ihn Isaak ins Herz stoßen konnte, tu das meinem Kind nicht an, Herr. Lass nicht zu, Gott, dass es leidet. Wenn Du schon meinen Isaak töten musst, Herr, lass ihn nicht leiden. Lass es schnell geschehen. Lass nicht zu, dass sie meinen Jungen würgen oder schlagen oder ertränken, Herr, lass es nicht zu. Du hast eine Mutter, Du weißt, wie sehr sie Dich liebt, und genauso liebe ich meinen Sohn. Er ist weniger wert als andere, ich weiß, Du warst der Stolz Deiner Mutter, der kluge Sohn, der Brot und Fische vermehrt hat, und mein Sohn kann nicht mal rechnen, es will ihm nicht in den Kopf hinein, Gott. Aber er ist ein lieber Junge, ein guter, braver Junge, der mich anlächelt und mich mit diesen grauen Augen ansieht, sodass ich denken muss, dass es einen Grund gibt, warum ich einen solchen Jungen habe, Gott, es muss einen Grund geben, ich weiß nicht welchen, aber es muss ihn geben.

Es macht mir nichts aus zu leiden, Gott. Du kannst mich ruhig leiden lassen, das macht mir nichts aus.

Es hat mir noch nie etwas ausgemacht. Du kannst mich von morgens bis abends schuften lassen, Du hast mich mit einem Mann verheiratet, der sich nicht um mich schert, Du kannst mir von morgens bis abends diese Magenschmerzen bereiten, jeden Tag, Du kannst machen, dass ich immer dicker werde und immer faltiger, immer hässlicher, Gott, und es macht mir nichts aus, das sind die Dummheiten, die in der Welt meiner Herrschaften zählen. Aber der Junge. Tu ihm nichts Böses an, er kann nichts dafür, dass sein Vater ihn nicht mag, dass alle sich über ihn lustig machen, dass sein Kopf irgendwo in den Wolken ist, quäl ihn nicht, Herr. Quäl mich stattdessen. Schick mir die Schmerzen, die die Verbrecher ihm zufügen wollen. Lass nicht zu, dass sie ihm ein Ohr abschneiden oder eine seiner kleinen Zehen, Gott, wenn es Dich gibt, Gott, o Herr, wenn es Dich gibt, dann rette ihn, zeig, dass Du allmächtig bist, Gott, rette ihn. Rette ihn. Rette ihn. Um der Liebe Deiner Mutter willen, die Dich geboren hat, rette ihn.

Der Apotheker war gerade dabei, das Eisengitter herunterzulassen, als der Kleinwagen vor seinem Geschäft hielt. Noch bevor der Fahrer – vom Aussehen her ein Indio – ganz ausgestiegen war, bat er schon um ein Fiebermittel. Er sprach Portugiesisch mit spanischem Akzent. Der Beifahrer blieb im Auto sitzen. Er schien ein langer Kerl zu sein und hatte eine Vollglatze oder war geschoren.

»Sind Sie erkältet, oder ist es eine Entzündung?«, fragte der Apotheker, der das Rollgitter auf halber Höhe angehalten hatte. »Wenn es Hals- oder Zahnschmerzen sind, sollten Sie lieber Antibiotika nehmen.«

»Es ist nicht für mich. Und es ist nur Fieber.«

»Hohes Fieber oder niedriges?«, fragte der Apotheker.

»Ich glaube, es ist hoch.«

»Kind oder Erwachsener?«

»Ein alter Mann«, antwortete Guillermo nach kurzem Zögern.

»Dann geben Sie ihm am besten ein fiebersenkendes Mittel in Kombination mit einem Antibiotikum. So wirkt es rascher. Wenn das Fieber sinkt, geben Sie weiter das Antibiotikum, am ersten Tag alle drei Stunden, am nächsten Tag alle sechs und an den letzten beiden Tagen alle zwölf.«

Guillermo nahm die beiden Tablettenschachteln und die zwei Tütchen mit fiebersenkendem Pulver in Empfang. Er war schon am Gehen, als ihm das Thermometer wieder einfiel. Er ging zurück, bat darum, bekam es und bezahlte. Bevor er losfuhr, fragte er noch vom Auto aus, wo man in der Nähe Zigaretten kaufen könne, und der Apotheker sagte es ihm.

Zwei Blocks weiter in einer Seitenstraße fand er die offene Bar. Sie war nicht zu verfehlen: das einzige Gebäude, in dem noch Licht brannte. Nur einer der Tische war besetzt. Die beiden Kunden, eine Flasche Bier zwischen sich und jeder ein halb volles Glas vor sich, starrten schweigend den Fernseher an, der an einer metallenen Aufhängung hing.

Guillermo ging direkt zum Tresen, verlangte zwei Päckchen Zigaretten von der Marke, die ihm der Chilene genannt hatte. Der Barkeeper schien ihn nicht zu hören. Guillermo bemerkte, dass der Junge, der nicht besonders helle wirkte, ebenfalls wie gebannt auf den Fernseher starrte. Er wiederholte seine Bitte. Der Kerl schien aufzuwachen, ging zu einem Schränkchen, holte die Zigaretten heraus, gab sie ihm, nahm das Geld entgegen und wandte seine Aufmerksamkeit wieder dem Fernseher zu.

Guillermo war schon halb aus der Bar heraus, als er den Sprecher das Wort »Entführung« sagen hörte. Er drehte sich um.

Auf dem Bildschirm war das Foto eines dunkelhäutigen untersetzten Mannes zu sehen, neben ihm eine Frau, die blond war wie das fiebernde Kind in ihrem Versteck, und zwischen ihnen ein Junge, der dunkel war wie der Mann. Die Kamera fuhr näher an den dunkelhäutigen Jungen heran. Der Sprecher berichtete, dass der Sohn des Werbemanagers Olavo Bettencourt bei einem Überfall in einem vornehmen Viertel von São Paulo entführt worden sei und dass der Fahrer Carlos Roberto da Costa, ein ehemaliger Militärpolizist, mit den Entführern unter einer Decke stecke und nun auf der Flucht sei. Dann wurde das Bild des Fahrers in Militäruniform eingeblendet. Die folgenden Bilder zeigten bewaffnete Soldaten und Polizeioffiziere, die eine Favela stürmten. »In diesem Augenblick läuft die Suchaktion nach den Entführern, sie wird die ganze Nacht hindurch andauern«, sagte der Sprecher. »Wir werden nicht ruhen, bis wir die Verbrecher und den kleinen Olavo Bettencourt junior gefunden haben«, erklärte ein Mann im dunklen Anzug. Dann zeigten sie wieder ein Foto des entführten Jungen: ein dunkelhäutiges Kind mit langem Gesicht, pechschwarzem Haar und pechschwarzen Augen.

***

Wieder sprang der Anrufbeantworter an, nachdem es, wie schon zuvor, acht Mal geläutet hatte. Barbara wartete den Piepton am Ende der englischen Ansage ab, dann sagte sie: »Mein Name ist Barbara, und ich bin die Tochter des Majors, der bei Ihnen als Fahrer arbeitet, und ich wollte wissen, was ich tun muss, um mit ihm sprechen zu können, die Polizei war nämlich bei uns zu Hause, und meiner Mutter haben sie erzählt, dass er verhaftet worden ist, aber sie haben uns nicht gesagt, wo er festgehalten wird und wie wir mit ihm reden können, und weil ich keinen Anwalt kenne und meine Mutter auch nicht und mein Stiefvater auch verhaftet worden ist, wie der Major, der bei Ihnen als Fahrer arbeitet, und ich weiß, dass mein Vater nichts mit Drogendealern zu tun haben kann, weil mein Vater, der bei Ihnen arbeitet, der Major, das ist mein Vater, und der arbeitet bei Ihnen als Fahrer, und er hat mir diese Nummer gegeben, um ihn anzurufen, wenn ich mit ihm reden will, und jetzt habe ich … ich dachte … Wir kennen niemanden, der uns helfen kann, weil doch mein Vater verhaftet worden ist und … Bitte, wenn Sie helfen können … Bitte … ich … ich …«

»Sie sind die Tochter vom Major?«, sagte plötzlich eine weibliche Stimme am anderen Ende der Leitung.

»Wer spricht da? Sind Sie die Chefin meines Vaters?«

»Ich bin die Hausangestellte«, sagte die Frau. »Mein Mann und ich führen hier den Haushalt. Ich bin drangegangen, weil ich gehört habe, dass Sie weinen.«

»Ich weine nicht. Ich wollte nur wissen, was mit meinem Vater ist.«

»Ich weiß nicht, was sie mit ihm gemacht haben. Sie haben nicht gesagt, wohin sie seine Leiche gebracht haben.«

»Leiche? Welche Leiche? Was ist mit meinem Vater passiert?«

»Ich weiß nicht, wer ihn umgebracht hat. Ich weiß nicht, wohin sie ihn gebracht haben. Ich bin nur drangegangen, weil ich genau weiß, was Sie gerade durchmachen.«

»Wo ist mein Vater? Wo ist er? Wo?«

»Weinen Sie nicht. Das bringt nichts. Gott hört Sie nicht.«

Die Verbindung brach ab. Barbara stand da, den Hörer in der Hand, und hörte einen Dauerton, wie ein Summen. Oder wie ein Schrei.

Kapitel 15

Nacht
Dienstag, 21. August
00:19 Uhr

Die Bürotür war geschlossen. Mara drehte den Knauf, ein, zwei, drei Mal, bis sie begriff, dass die Tür abgeschlossen war. Sie klopfte. Wartete. Klopfte wieder. Lauschte. Klopfte wieder. Dann hämmerte sie an die Tür.

Olavo machte auf.

»Ich muss mit dir reden«, sagte sie und ging an ihm vorbei in den Raum, der von einem riesigen Fotodruck eines Comiccovers von Captain America beherrscht wurde. Das Bild hing an einer rotgestrichenen Wand, vor der ein Schreibtisch aus gebürstetem Stahl mit Rauchglasplatte stand. Unter den Papieren auf dem Tisch erkannte sie das Logo einer der Banken in New York, zu denen sie ihren Mann ein paarmal begleitet hatte. »Hast du gerade nachgerechnet? Wegen des Lösegelds? Ist Ernesto weg? Und der Polizist auch?«

»Er ist Inspektor, Mara. Von der Bundespolizei. Ja, die beiden sind schon weg. Es ist alles geklärt.«

»Im Fernsehen zeigen sie ein Foto von uns. Mit Olavinho.«

»Mhm.«

»Sie sagen, dass Olavinho gekidnappt wurde.«

»Mhm.«

»Warum?«

»Das ist die Strategie, auf die wir uns geeinigt haben.«

»Aber was ist mit dem Sohn von dem Hausmeisterehepaar? Warum sagen sie nichts von dem blonden Jungen?«

»Das ist die Strategie, die wir anwenden, um Zeit zu gewinnen. Bis die Entführer gefunden sind.«

»Aber du hast doch gesagt gehabt, dass du das Lösegeld für den Jungen bezahlst.«

»Es heißt nicht ›gesagt gehabt‹, Mara.«

»Nimmst du das Geld von dieser Bank in New York?«, fragte sie und zeigte auf den Auszug auf dem Tisch. »Haben sie die Nummer von dem Konto da im Auto gelassen? Und die andere Nummer, von welchem Konto ist die? Von diesen Inseln in der Karibik? Wie viel wollen sie?«

»Sie wollen alles, was auf dem Konto ist, Mara.«

»Wie viel?«

»Alles. Eine Überweisung von meinem Konto bei der israelischen Bank auf ihr Konto bei demselben Geldinstitut. Das wollten sie mit der Nachricht sagen.«

»Alles?«

»Mach dir keine Sorgen. Das ist nicht deine Angelegenheit. Die Polizei wird sie finden. Es wird eine gewaltsame Auseinandersetzung geben. Den Schusswechsel wird keiner von ihnen überleben.«

»Und der Junge?«

»Was ist mit dem Jungen?«

»Was passiert mit dem Jungen?«

»Das, was mit allen entführten Kindern passiert, das, was mit dem Sohn dieses japanischstämmigen Unternehmers hier in São Paulo passiert ist. Dasselbe, was sie der Tochter dieser Apothekerpaars in Minas Gerais angetan haben. Und zahllosen anderen Kindern auch. Hier, in Italien, in Indien, in England. Kinder kommen bei Entführungen nicht lebend davon. Die Eltern wissen das, die Polizei weiß es, alle wissen, dass die Entführer das Kind töten, selbst wenn das Lösegeld gezahlt wird. Das liegt in der Natur dieser Art von Entführungen.«

»Aber wenn du denen viel Geld anbieten tätest …«

»Anbietest. Wenn du anbietest. Dieser Junge ist nicht ganz richtig im Kopf. Er hätte sowieso keine Zukunft.«

»Der Junge ist … anders. Aber wenn du …«

»Was aus ihm wird, ist uninteressant. Und es ist auch nicht deine Angelegenheit.«

»Wir können den Jungen retten, Olavo. Er ist weniger wert als unser Junge. Viel weniger. Wenn die Entführer erfahren, dass er der Sohn von unserem Hausmeisterpaar ist, würden sie nehmen, was du ihnen anbieten tätest.«

»Ich habe nichts, was ich für dieses Kind anbieten wollte.«

»Aber ich.«

»Vergiss den Jungen, Mara.«

»Ich könnte das Apartment in New York verkaufen und ihnen das Geld anbieten.«

»Nein, Mara.«

»Das Apartment ist leicht zu verkaufen.«

»Nein, Mara.«

»Die Lage ist gut, das Gebäude ist gut, es gibt einen Pförtner rund um die Uhr, es hat ein luxuriöses Bad …«

»Nein, Mara.«

»Es liegt in einem der oberen Stockwerke und hat eine tolle Aussicht, in der Nähe gibt es viele Geschäfte …«

»Nein.«

»Es hat eine Suite und ein Gästebad, das Gebäude ist neu …«

»Wir können das Apartment in der Zweiundsiebzigsten nicht verkaufen.«

»Wenn du sein Leben nicht retten willst – *ich* will es. Das Apartment ist doch sicher achthunderttausend Dollar wert. So viel hast du doch bezahlt, oder? Ich bin gut im Rechnen, und das weiß ich noch ganz genau. Achthundertfünfundvierzigtausend Dollar. Ich verkaufe es und …«

»Du kannst das Apartment nicht verkaufen.«

»Klar kann ich das. Und dann handelst du mit den Entführern was aus. Sie geben den Jungen zurück und …«

»Das kannst du nicht, Mara. Wir können es nicht.«

»Ich kann es sehr wohl. Ich brauche dein Einverständnis nicht. Das Apartment gehört mir. Du hattest es auf meinen Namen gekauft gehabt.«

»*Gekauft. Du hast es gekauft*, Mara.«

»Ich habe die Papiere unterschrieben. Und ich habe eine Kopie davon.«

Olavo ging hinter ihr vorbei zum Tisch, zog eine Schublade auf, nahm ein Bündel Papiere heraus und reichte es Mara.

»Dann sieh sie dir doch noch mal an.«

Sie rührte sich nicht.

»Sieh sie dir noch mal an, Mara. Lies sie dir durch mit deinem dürftigen Englisch.«

»Ich gehe damit zum Rechtsanwalt.«

»Der wird dir sagen, dass es sich um einen Nutzungsvertrag handelt. Du hast das Recht, die Wohnung zu nutzen, sooft du willst, solange der Eigentümer keine Einwände hat, das heißt, solange der Eigentümer es dir gestattet und unter der Bedingung, dass der Eigentümer in dem Moment, in dem du sie nutzen willst, keine unmittelbare Verwendung dafür hat.«

»Das heißt, wenn du einverstanden bist.«

»Ganz so einfach ist es nicht.«

»Was hattest du gemacht?«

»Es ist beeindruckend, wie deine sprachliche Kompetenz nachlässt, wenn du wütend bist. Da kommt die Südbrasilianerin in dir zum Vorschein, Mara, und wenn du nicht so hellhäutig, blond und blauäugig wärst, könnte man dich fast für eine Favelabewohnerin aus Rio de Janeiro halten.«

»Wem hattest du das Apartment in New York geschenkt?«

»Niemandem, Mara. Es geht nicht um irgendeine Geliebte, so einfach ist das nicht. Das Apartment in der Zweiundsiebzigsten gehört mir nicht. Weder mir noch dir. Es ist weder meins noch deins, wie du auch sagen könntest, wenn du reden würdest, wie es sich gehört.«

»Ich habe den Kaufvertrag unterschrieben.«

»Das hier hast du unterschrieben. Den Nutzungsvertrag. Wenn du Englisch könntest, hättest du es gemerkt.«

»Wem ...?«

»Es gehört dem Inhaber eines Kontos bei einer Bank mit Sitz in Tel Aviv. Einem brasilianischen Staatsminister. Dem bin ich etwas schuldig, für ein paar Gefälligkeiten, Werbeetats, Hinweise auf Ausschreibungen für Werbekampagnen von Firmen, die staatlicher Genehmigung bedürfen, all diese komplizierten Dinge, die nicht in dein blondes Köpfchen hineingehen.«

»Vielleicht verstehe ich das nicht, Olavo. Nicht in allen Einzelheiten. Aber die Journalisten werden es verstehen. Jeder Journalist, den ich aufsuche, wird es verstehen. Ich kenne die Nummern von unseren Konten in New York auswendig.«

»Ein Anruf von mir genügt, um sie auf der Stelle zu ändern.«

»Ich weiß viel über deine Geschäfte mit Ernesto und diesen Freunden von dir bei der Regierung in Brasília.«

»Droh mir nicht, Mara. Du bist hübsch, du machst mich schärfer als jede andere Frau, aber schlau bist du nicht, Mara. Du bist ein richtiges kleines Dummchen.«

»Ruf diesen Minister an, Olavo. Sag ihm, du brauchst das Geld jetzt. Sag, du brauchst neunhunderttausend Dollar.«

»Mara Elizabeth Grunnert Bettencourt, meine geliebte Gattin und Mutter meines Sohnes, in diesem Haus hab ich das Sagen.«

»Sag dem Minister, er soll das Geld besorgen, um den Jungen von den Entführern freizukaufen. Heute.

Jetzt. Auf der Stelle! Nimm den Hörer ab und ruf ihn an, Olavo! Mach schon. Ruf an, Olavo! Jetzt. Sofort!«

Er legte den Nutzungsvertrag zurück in die Schublade, schloss sie ab, setzte sich, stützte das Kinn auf die gefalteten Hände und lächelte.

»Was ist denn das für ein Ton, Mara Elizabeth Grunnert Bettencourt?«

»Ich werde nicht zulassen, dass der Junge stirbt. Ruf den Minister an. Sag, du willst das Geld gleich. Ruf an. Los, ruf an!«

»Genau in diesem Augenblick« – Olavo schob den Ärmel seines Brooks Brothers-Hemds zurück und warf einen Blick auf die Cartier-Uhr, die er an der Place Vendôme gekauft hatte – »sitzt der Minister in Begleitung des Staatspräsidenten und einiger anderer Minister, die seine engsten Vertrauten sind, in der Businessclass einer Boeing 747 der Varig. Sie sind auf dem Weg nach Manhattan, wo sie morgen der Eröffnungssitzung der UNO beiwohnen werden, und am Abend wird der Minister im Plaza Hotel bei einem Galadinner mit anschließendem Ball vom mächtigen amerikanischen Unternehmerverband zum ›Mann des Jahres‹ gekürt. In diesem Verband sitzen Leute, die Firmen in unserem Land haben oder hier umfangreiche Investitionen tätigen oder demnächst tätigen wollen. Es ist völlig unmöglich, jetzt mit dem Minister zu sprechen. Und selbst wenn es möglich wäre, hätte der Minister weder Zeit noch Interesse, sich um das Schicksal eines schwachsinnigen Jungen zu kümmern, den Sohn eines Hausmeisterehepaars, der versehentlich statt des Sohnes ihres Chefs entführt wurde. Und jetzt raus hier,

Mara. Du störst mich. Du machst mich zu geil. Und ich kann dich jetzt nicht ficken. Ich muss vor unserer Reise noch eine Menge erledigen.«

»Was für eine Reise?«

»Habe ich dir nicht erzählt, dass wir nach New York fliegen? Übermorgen geht es los. Genauer gesagt …«, wieder sah er auf die Uhr, »Morgen. Mittwochabend. Wir werden uns dem Komitee des Präsidenten anschließen. Pack nur einen Koffer mit dem Nötigsten. Schminkzeug, Unterwäsche, so was. Zerbrich dir nicht den Kopf darüber, was du bei den Festen und Dinner anziehen sollst. Ich kauf dir neue Kleider.«

»Aber Olavo, der Junge … Die Entführer haben noch …«

»Der Fall wird in den nächsten Stunden erledigt sein. Er liegt in den Händen der Bundespolizei und des staatlichen Geheimdienstes.«

»Ich will nicht fahren.«

»Sag nicht ›Ich will nicht‹ zu mir. Du fährst. Ich brauche deine Unterschrift bei ein paar Geschäften, die ich in Manhattan tätigen werde.«

»Ich will nicht.«

»Doch, du willst. Ich will, also willst du auch. Und jetzt raus.«

In einem ersten Impuls hätte sie fast gehorcht. Aber etwas hielt sie zurück, und so blieb sie an der Tür des Büros mit den roten Wänden stehen. Es war ein ganz neues Gefühl, so etwas hatte sie noch nie erlebt.

»Nein.«

»Was nein, Mara Elizabeth?«

»Ich werde das Zimmer nicht verlassen. Ich werde nicht nach New York fliegen. Ich werde kein Papier unterschreiben. Ich werde nicht tun, was du willst. Ich werde nicht tun, was du befiehlst. Ich tue gar nichts.«

»Du tust nichts?«

»Nein.«

»Meine liebe Mara Elizabeth, wir spielen hier keine Machtspielchen, und zwar ganz einfach deshalb, weil du überhaupt keine Macht hast – *ich* hab hier die Macht. Dein Designerkleid, deine Schuhe, die aufwändige Frisur, die manikürten Nägel, deine makellose Haut, deine Zähne mit Porzellanüberzug, alles an dir, alles, was du bist, gehört nicht dir. Du gehörst dir nicht, Mara Elizabeth Grunnert Bettencourt. Ich zahle dafür. Ich zahle für dich. Um dich zu besitzen. Um in dich einzudringen, wann immer ich will. In deine Möse, deinen Arsch, deinen Mund. Wann und wo ich will. Wir fliegen übermorgen nach New York. Und jetzt raus hier.«

»Nein.«

»Nein?«

»Nein, Olavo. Nein. Ich gehe nicht raus. Ich will nicht. Ich fliege nicht nach New York. Und ich unterschreibe nichts mehr.«

»Nein?«

»Nein. Das habe ich doch schon gesagt.«

»Dann komm her«, sagte er, stand auf, öffnete den Hosenschlitz und holte seinen Penis hervor. »Komm her und blas mir einen.«

Mara stand wie gelähmt da.

»Los.«

Keiner von beiden rührte sich, jeder lauerte auf die Bewegungen des anderen.

»Blas mir einen«, befahl er.

»Nein«, brachte Mara schließlich hervor. Zum ersten Mal, seit sie sich kannten und sie sich ihm scheinbar verweigert hatte, um seinen Jagd- und Kaufinstinkt zu reizen, sagte sie es voller Überzeugung. Sie brach die Regeln. Aber er glaubte ihr nicht.

»Blas mir einen«, wiederholte er und holte jetzt auch noch seine Eier heraus. »Und leck mir alles. Sofort.«

Am liebsten hätte sie ihn geohrfeigt. Aber sie hielt sich zurück. Sie verschränkte die Arme und presste sie an den Körper. Holte tief Luft.

»Die Zeitungen und Magazine«, sagte sie mit zitternder Stimme, »werden sich die Hände reiben, wenn sie erfahren, dass der mächtigste Minister der Regierung heimlich Geschäfte mit dem berühmtesten Werbefachmann des Landes treibt.«

»Und mit einigen der weniger berühmten ebenfalls. Und nicht nur im Ausland. Was glaubst du eigentlich, woher das Geld kommt, um dieses Haus zu bezahlen, die Angestellten, die Versicherungen, die Fahrer? Was denkst du denn, womit dein heiß geliebtes Strandhaus bezahlt wurde? Das Apartment, das ich deiner Mutter in Porto Alegre geschenkt habe – wovon wurde das wohl gekauft? Das kannst du alles den Journalisten erzählen, Mara. Oder soll ich dich lieber Natasha nennen? Oder Vanessa? Tamara? Isadora? Welchen von diesen Namen mochtest du am liebsten, als du noch Callgirl warst? Da bist du überrascht, was? Das hättest du nicht gedacht, dass ich über deine Vergangenheit so genau informiert bin, dass ich weiß, was du getrieben hast, bevor du mich mit der Geschichte von diesem Ingenieur geködert hast, mit dem du angeblich verlobt warst und kurz vor der Hochzeit standest …«

»Ich war nie … So was habe ich nie getan. Das sagst du jetzt bloß, weil du wütend auf mich bist.«

»Ich bin nicht wütend auf dich, Mara. Oder soll ich dich Ingrid nennen? Der Löwe ist nicht wütend auf seine Beute. Der Löwe liebt seine Beute. Er liebt die Gazelle, die ihm verzweifelt zu entkommen versucht. Ich liebe dich, Mara. Ich liebe dich, Susana. Jackie. Francesca.«

»Ich war nie …«

»Hör auf zu heucheln, Gisèle. Letícia. Tatiana. Ángela.«

»Ich war Model. Ich war kein …«

»Callgirl. Nein, Nathalie. Du warst eine Escortdame, Martina. Du hast vornehme Herren begleitet, Caroline. Du bist aus Porto Alegre hierher oder nach Rio de Janeiro geflogen. Manchmal auch nach Brasília, Vera, allerdings nur selten. Und nach Goiânia, Karine. Und Salvador. Und Recife, wenn ich mich nicht täusche, Rosana. Das kannst du alles den Journalisten erzählen, Mirella. Ich helfe dir dabei, ich kann Fotos zu diesem Treffen beisteuern.«

»Du hast nicht …«

»Doch, ich habe, Stephanie. Ich habe viele Fotos. Und ein Video, aufgenommen in einem Motel in Rio.«

»Du hast es die ganze Zeit gewusst gehabt.«

»Du *wusstest* es die ganze Zeit. Ja, Roberta, ich wusste es. Ja, Renata, ich wusste es. Ja, Flávia, ich wusste es. Ja, Tánia, Soraya, Nicole, Fernanda, Rafaela, Sandra, Marcela, Lia, Camila.«

»Du hast es gewusst gehabt.«

»Ja, Alessandra.«

»Von Anfang an hast du es gewusst gehabt.«

»Beinahe von Anfang an. Ja, Carol, ich wusste es. Ja, Paula, Diana, Andressa, Simone, Denise. Ja. Ich habe Protokolle von den Beschattungen, die Namen deiner Kunden, Telefonnummern, Fotos, alles. Ich kann den Journalisten Kopien davon überlassen, wenn du willst.«

»Das würdest du nicht tun.«

»Doch, Sandra, das würde ich. Ohne zu zögern. Um meinen Sohn zu schützen, die Zukunft meines Sohns und mein Eigentum und das seine, würde ich das tun. Ohne mit der Wimper zu zucken, Giovanna. Man wird sich eine Weile über mich lustig machen, aber irgendwann ist das vorbei. Bei meinem Geld, meinem Ruhm und meinen Verbindungen werden alle bereit sein zu vergessen, dass ich mit einer Nutte verheiratet war.«

»Ich bin keine Nutte.«

»Doch, das bist du. Und genau darum liebe ich dich. Weil du eine Schlampe bist, weil ich dich nicht achten muss, weil deine Vulgarität, deine falsche Ausdrucksweise, deine rosa Möse mich geil machen. Immer wieder, Mara. Meine Gazelle. Und du liebst mich auch. Wegen meines Gelds, meiner Nähe zur Macht, wegen all dem, was du immer haben wolltest und von mir bekommst, wegen der Schmerzen, die ich dir zufüge. Von diesen Bedürfnissen bist du getrieben. Und ich bin derjenige, der sie erfüllen kann. Ich. Ich zeige dir den Weg, Mara Elizabeth Grunnert Bettencourt. Ohne mich würdest du hilflos durch die Gegend irren.«

Mara war so sehr daran gewöhnt, sich zu verstellen, sich sogar vor sich selbst hinter Masken zu verbergen, dass sie jetzt völlig die Orientierung verlor. Sie war es nicht gewohnt, die Wahrheit als Waffe einzusetzen. Sie wusste, dass sie den Jungen retten wollte, und sie empfand Unbehagen, Scham und Schmerz, als sich Olavos Finger gleich darauf in sie bohrte. Aber dabei blieb es. Sie wusste nicht, wie sie sich ungeschminkt dem Mann widersetzen sollte, vor dem sie schon so lange eine Rolle spielte, dass sie manchmal beinahe selbst daran glaubte. Sie wusste nicht einmal mehr, wer sie in Wirklichkeit war.

»Geh schlafen, meine geliebte Gattin. Es ist schon nach Mitternacht. Und halt dich nicht mit Kofferpacken auf. Ich werde Irene sagen, was sie reintun soll. Gute Nacht.«

Kapitel 16

Nacht
Montag, 20. August
22:51 Uhr

Nacht
Dienstag, 21. August
01:03 Uhr

Alfonso öffnete mit der rechten Hand die Trommel der .357 Magnum, nahm die Patronen heraus, legte sie zwischen seine Beine, schob sie wieder in die Öffnungen, drückte die geladene Trommel in die Ausgangsposition zurück, öffnete sie mit der linken Hand, nahm die Patronen erneut heraus und wiederholte die gleichen Bewegungen wie zuvor. So ging es während der gesamten Rückfahrt, erst mit der einen Hand, dann mit der anderen. Ganz auf sein Geschick konzentriert, wechselte er kein Wort mit Guillermo, der ebenfalls keine Lust auf ein Gespräch hatte. So war es schon immer zwischen ihnen gewesen, seit ihrem ersten gemeinsamen Job vor vier Jahren, als Daniel sie beauftragt hatte, einen Journalisten zu beseitigen, der bolivianische Kokabauern belästigte. Und so war es bei ihrem nächsten Auftrag in Bolivien gewesen, als sie die Erbin eines Kolumbianers, der mit dem Export von Pfeffer zum Millionär geworden war, verschwinden lassen sollten, weil sie sich in einen linken Lehrer verliebt hatte und Aktionen der terroristischen Vereinigung finanzierte, der er angehörte.

Sie mochten einander nicht, aber sie akzeptierten sich. Und sie verabscheuten sich. Das geistige Vakuum, in dem Alfonso trieb, war Guillermo ebenso unangenehm wie die Scharfsichtigkeit des Yamana-Indios dem Abkömmling irischer Einwanderer, die einst im Gefolge anglikanischer Missionare im Süden Argentiniens das Land von Guillermos Vorfahren besetzt hatten. Zusammen arbeiteten sie schnell und effektiv. Sie waren ein ausgeglichenes Duo und versagten nie. Sie hinterließen keine Spuren. Und beide hatten die Gewohnheit zu schweigen – keiner von ihnen war ein großer Redner.

In diesen frühen Morgenstunden jedoch war Guillermo noch schweigsamer als sonst.

Vor dem Tor angekommen, stieg er aus, öffnete, stieg wieder ein, fuhr durch, hielt erneut an, stieg aus, schloss das Tor, stieg wieder ein. Alfonso hörte auf, mit der Waffe herumzuspielen, nahm sie in die linke Hand, mit der er besser zielen konnte, und ließ sie auf seinem Bein ruhen.

Guillermo schaltete die Innenbeleuchtung des Wagens an, bevor er den Pfad zum Haus hinaufrumpelte. Der Peruaner, der auf der Veranda Wache hielt, erkannte sie, senkte das Gewehr, das er auf sie gerichtet hatte, und nahm wieder auf der Holzbank Platz.

Nachdem er den Wagen neben dem Kadett geparkt hatte, wartete Guillermo, bis Alfonso ausgestiegen war, dann nahm er die Zigaretten und die Medikamente von der Rückbank, kurbelte die Fenster hoch, stieg aus und schloss das Auto ab, wie er es sich in den vier Jahren angewöhnt hatte, die er in Asunción gelebt hatte. Während er zum Haus hinaufging, versuchte er, eine Verbindung zwischen dem herzustellen, was ihm wie lauter unzusammenhängende Punkte erschien.

Alfonso lag schon auf dem einzigen Sofa, die Augen geschlossen, die Hände in der Wolljacke vergraben. Im Haus war es genauso kalt wie draußen. Die Tür zum Schlafzimmer, das Daniel für sich allein beansprucht hatte, war zu. Sicher schlief er. Es gab keinen Grund zur Sorge. Alles war in Ordnung. Am nächsten Morgen würde der Brasilianer mit dem Auto eintreffen, mit dem Alfonso und Guillermo nach São Paulo zurückfahren sollten. Dort würden sie – so lautete der Plan – dem Werbefritzen die Kassette mit der Stimme und dem Weinen des Jungen einwerfen, bevor sie sich mit getrennten Flügen nach Asunción und Buenos Aires begaben und auf Anweisungen für den Beginn der Operation Bogotá warteten.

Er ging zu dem Zimmer, in dem der Junge untergebracht war, und öffnete die Tür. Auf der Pritsche war nur ein von einer Decke verborgenes Bündel zu sehen, ohne dass man hätte erkennen können, wo der Kopf und wo die Füße waren. Er trat zwei Schritte vor und wollte gerade die Decke anheben, als er den kalten Lauf der Pistole des Uruguayers an der Schläfe spürte. Er blieb stehen.

»Ich will das Gesicht von dem Jungen sehen«, sagte er, ohne sich umzudrehen.

»Warum?«, fragte Emiliano, ohne seine Neun-Millimeter-Walther von der Schläfe des Indios mit den rosigen Wangen zu nehmen.

»Ich habe die Medikamente mitgebracht, die du bestellt hast. Und das Thermometer.«

»Leg alles da hin.«

»Was soll die Pistole an meiner Stirn?«

»Du bist reingekommen, als würdest du dich anschleichen.«

»Bist du nervös, Uruguayer?«

»Gib mir die Medikamente.«

Er griff nach der Tüte und steckte sich gleichzeitig die Walther in den Hosenbund.

»Was ist das?«

»Ein Antibiotikum. Der Apotheker meinte, dass der Junge vielleicht eine Entzündung haben könnte.«

»Hast du dem Apotheker etwa von dem Jungen erzählt?«, fragte Emiliano aufgebracht.

»Natürlich nicht. Glaubst du, ich bin so dämlich wie Alfonso?«, erwiderte Guillermo und fügte dann hinzu: »Ich habe gesagt, es ist für einen alten Mann, der Fieber hat.«

»Du hast das Zeug umsonst mitgebracht. Man kann einem Kind keine Antibiotika für Erwachsene geben. Verschwinde, Bolivianer.«

»Du weißt, dass ich kein Bolivianer bin. Ich bin Argentinier.«

»Aber du siehst aus wie ein Bolivianer. Die Organisation in Santiago nennt dich den Bolivianer.«

»Ich bin Argentinier.«

»Du redest aber nicht wie ein Argentinier.«

»Du auch nicht.«

»Ich bin ja auch Uruguayer, verdammt.«

»Die Uruguayer reden wie die Argentinier.«

»Eine verdammte Scheiße reden wir wie die. In unseren Adern fließt katalanisches und andalusisches Blut. Die Argentinier können ja nicht mal richtig Spanisch. Die reden, als wären sie Italiener.«

»Ich rede nicht wie ein Italiener. Und ich bin genauso Argentinier wie Alfonso. Sogar noch mehr. Lange bevor Alfonsos Gringo-Sippe gekommen ist, hat mein Volk schon dort gelebt. Ich will das Gesicht des Jungen sehen.«

»Warum?«

»Wie viele Kinder hat der Werbefritze, Uruguayer?«

»Ich weiß nicht. Drei oder zwei. Frag Daniel. Der sollte das wissen.«

»Drei oder zwei?«

»Drei, zwei, was macht das schon für einen Unterschied, verdammt?«

»Hast du die anderen Kinder gesehen?«

»Nur den hier.«

»Wann?«

»Was geht dich das an, verdammt? Ich hab gesehen, wie das Kind hier an der Hand seiner Mutter in die Schule gegangen ist. Du hast es doch auch gesehen, verdammt.«

»Ja, habe ich. Die große Blonde. Sie hat ihn auf dem Arm getragen. Ja, das habe ich gesehen. Aber vorhin, in der Stadt, wo wir die Medizin gekauft haben, haben sie den Jungen im Fernsehen gezeigt, und da war er ...«

»Scheiß aufs Fernsehen. Hol ein Glas Wasser. Ich

löse jetzt die Tabletten auf und gebe sie dem Jungen.« Als Guillermo hinausgegangen war, schlug er die Decke zurück und schob dem Jungen das Thermometer in den Mund.

Der hatte weiterhin die Augen geschlossen, zitterte und schwitzte.

Das magere Mädchen mit den nassen Kleidern und nassen Haaren umklammerte seinen Rucksack in dem U-Bahn-Waggon wie ein Schiffbrüchiger die Boje. Sie versuchte, einen kühlen Kopf zu bewahren, aber sie fühlte, wie ein Strom sie mitriss, der weit über ihre Kräfte ging. Mühsam rang sie nach Luft.

Er ist tot. Das hat die Frau gesagt. Sie hat gesagt, dass sie nicht weiß, wohin sie die Leiche gebracht haben. Die Leiche. Die Leiche meines Vaters. Er ist nicht verhaftet worden. Er ist nicht im Gefängnis. Er ist tot. Mein Vater ist tot. Sie haben meinen Vater getötet. Die Polizei hat meinen Vater getötet. War es die Polizei, die meinen Vater getötet hat? Warum hat die Polizei meinen Vater getötet? Hat die Polizei meinen Vater ermordet? Wer hat meinen Vater ermordet? Warum wurde mein Vater ermordet? Warum sagen sie, dass er Drogenhändler war? War er denn Drogenhändler? Oder der Komplize eines Drogenhändlers? Wer hat ihn umgebracht? Warum hat er ihn umgebracht? Warum wurde er umgebracht? Wann wurde er umgebracht? Wie wurde er umgebracht? Wo wurde er umgebracht? Hat er gelitten? Ist mein Vater eines qualvollen Todes gestorben? Einen qualvollen Tod hatte er nicht verdient. Mein Vater hat es überhaupt nicht verdient zu sterben. Nicht so. Nicht wie? Wer gibt den Befehl, dass jemand sterben muss, nur weil ein anderer behauptet, er sei Drogendealer? Wohin haben sie die Leiche meines Vaters gebracht? Niemand kann mir helfen, die Leiche meines Vaters zu finden. Warum sind sie mit der Leiche meines Vaters verschwunden? Wie konnten sie mit seiner Leiche verschwinden? Wer ist mit der Leiche verschwunden? Warum ist die Polizei zu uns nach Hause gekommen und hat meiner Mutter Angst gemacht? Warum haben sie alles kurz und klein geschlagen? Wieso können sie bei irgendjemandem zu Hause eindringen und alles auf den Kopf stellen und kurz und klein schlagen? Wie können sie das tun? Warum dürfen die das?

Sie sind hereingekommen. Haben alles durchwühlt. Haben alles kaputt gemacht. Und sie haben meinen Stiefvater mitgenommen. Warum haben sie meinen Stiefvater mitgenommen? Wer sagt, dass er Drogenhändler ist, so wie angeblich auch mein Vater einer ist? Wie mein Vater einer war. Wie konnten sie meinen Vater umbringen? Wie kann es passieren, dass jemand umgebracht wird und niemand davon erfährt? Wie konnten sie ihm das antun? Wie konnten sie uns das antun? Wer kann das? Wer gibt den Befehl dazu? Wer hat das Kommando? Wer sagt, der dort kann umgebracht werden? Oder der da? Wie können sie einfach bei uns hereinkommen, uns Angst machen, uns das Gefühl geben, wir hätten ein Verbrechen begangen, wenn wir nicht einmal wissen, welches Verbrechen das sein soll? Warum habe ich Angst vor ihnen, wenn ich doch so wütend auf sie bin? Warum spüre ich, dass sie im Unrecht sind, und habe trotzdem Angst, dass sie uns noch Schlimmeres antun werden? Warum können sie das mit uns machen? Wer gibt ihnen das Recht dazu? Warum haben sie die Macht, uns das anzutun? Wer sind sie? Wer? Wer?

Barbara merkte nicht, dass sie weinte.

Als die U-Bahn an der Station Barra Funda hielt, sprang sie hinaus. Wie betäubt lehnte sie sich an einen Pfeiler und begann laut zu schluchzen. Sie ließ sich zu Boden sinken und blieb dort sitzen, weinte weiter, ohne die wenigen Passagiere zu beachten, die um diese frühe Morgenstunde unterwegs waren. Schließlich wurde sie ruhiger.

Sie richtete sich auf, hastig, wie jemand, der aus tiefem Wasser auftaucht. Sie hatte überlebt.

Sie hatte überlebt.

Und sie hatte einen Entschluss gefasst: Sie wollte nicht länger in einem Land leben, in dem sie keinerlei Rechte hatte. Sie würde in die USA auswandern. So wie Luís Cláudio es vorhatte, wie Luís Cláudios Bruder es getan hatte und so viele andere Brasilianer es taten. Sie würde auswandern. Ja, sie würde auswandern. Adieu, Brasilien. Adieu, Gemeinheit. Adieu, Korruption. Adieu, Armut und täglich steigende Preise. Adieu, Angst vor der Polizei, adieu, Barra Funda, adieu, São Paulo, adieu, Mutter, adieu, alles und jeder, adieu für immer, adieu, adieu. Putzfrau hier und Putzfrau dort, wo war der Unterschied? Dort würde sie wenigstens Dollar verdienen. Wer ihr Visum im Pass fälschte, würde auch ihr Geburtsdatum fälschen können. Sie würde sich älter machen, sich für achtzehn ausgeben.

Neunzehn. Morgen im Unterricht würde sie mit Luís Cláudio reden. Vielleicht könnte sie mit ihm gehen. Ja, sie würde mit ihm gehen. Morgen früh würde sie alles mit Luís Cláudio besprechen. Sie würden gemeinsam nach Kanada gehen und von dort aus in diese Stadt in der Nähe von Boston, in der so viele Brasilianer lebten. Morgen. Besser gesagt heute. Es war schon nach eins.

Der Kleiderschrank vor ihr stand immer noch offen, gefüllt mit Reihen von Kleidern, Blusen, Jacketts, Sakkos und Gürteln, alles nach Farbtönen gruppiert, von Olavo so zusammengestellt, dass sie in den Kreisen, in denen er sie als seine elegante junge Frau präsentierte, nichts falsch machen konnte. An der Rückwand und in den Doppeltüren befanden sich zwei Meter hohe Spiegel, die ihr ermöglichten, ihr Bild von allen Seiten zu bewundern.

Und das sah sie: eine hochgewachsene Frau, die durch die hohen Absätze noch größer wirkte, mit langen Beinen, schmalen Hüften, Brüsten, die ein klein wenig größer waren, als man bei einer so schlanken Figur erwartet hätte, in einem beigefarbenen, langärmeligen Blusenkleid, das auf der Vorderseite mit aus dem gleichen Stoff bezogenen Knöpfen geschlossen und um die Hüfte mit einem grauen Tuch gebunden war, den Kragen im Nacken hochgeschlagen, eine grobgliedrige Goldkette mehrfach um den langen Hals geschlungen, der durch die aufgesteckten Haare noch betont wurde, Perlen in den Ohrläppchen der kleinen Ohren. Sie sah aus wie diese

Hollywoodschauspielerin, die Fürstin von Monaco geworden war. Genau so, wie Olavo sie haben wollte und erschaffen hatte.

Langsam wickelte sie sich die Versacekette vom Hals und legte sie ab. Geräuschlos fiel sie auf den dicken vanillefarbenen Teppich. Sie zog sich die Cartierohrringe aus und ließ sie ebenfalls fallen. Auch sie machten keinerlei Geräusch. Die Stille in dem Zimmer mit den weißen Wänden, weißen Möbeln, weißen Lampen, der weißen Bettdecke, den weißen Gardinen und Vorhängen verstärkte in ihr noch das Gefühl, schwerelos in einer weiten leeren Blase zu schweben. Sie löste ihr Haar, das ihr bis über die Schultern fiel. Zog die Guccischuhe aus. Löste das Diortuch um die Hüften und warf es auf die Gruppe von grauen, cremefarbenen und weißen Kostümen im Chanelstil. Öffnete einen nach dem anderen die Knöpfe ihres Saint Laurent-Kleids und ließ es bis zu ihren nackten Füßen hinuntergleiten. Darunter trug sie nichts.

Und das sah sie: Eine große, magere, blasse junge Frau, deren Rippen sich unter der Haut abzeichneten, das Haar wegen der Läuseplage in der Schule kurzgeschoren, der Magen knurrend vor Hunger und doch in stetem Ekel vor dem Essen, die Augen so tief in dem eingefallenen Gesicht, dass ihre schiefergraue Farbe nicht zum Vorschein kam, und ein erster blonder, fast weißer Flaum an der Stelle, wo ihre Beine begannen.

Beschämt legte die Frau vor dem Spiegel eine Hand vor ihr Geschlecht und verdeckte ihre Brüste mit einem Arm.

Langsam fuhr er den Hang hinauf, ließ ein paar Mal die Scheinwerfer der schwarzen Limousine aufleuchten, einer Sonderanfertigung für Rollstuhlfahrer. Es war wichtig, sich der Wache zu erkennen zu geben. Bei der Dunkelheit und dem Regen konnte er nur die Silhouette ausmachen, die sich gegen das Licht auf der Veranda abzeichnete, aber er wusste, dass der Mann, wer auch immer es war, eine AK-47 auf ihn gerichtet hielt, den Finger am Abzug. Auf eine Entfernung wie diese, weniger als dreihundert Meter, konnte die Waffe, die sie aus Paraguay mitgebracht hatten, den Passat GTS Pointer – erworben mit dem Geld aus der Erwerbsunfähigkeitsrente – mühelos durchschlagen und ihn in weniger als einer Minute mit sechshundert Kugeln durchsieben. Keine schöne Aussicht. Eine gute Waffe. Eine der wenigen guten Sachen, die die Kommunisten erschaffen hatten, ohne sie von der demokratischen Welt zu kopieren.

Als er neben den beiden kleineren Autos parkte, stand Daniel schon in der Haustür. Kurz darauf tauchte hinter ihm eine größere Gestalt mit geschorenem Schädel auf. Der Indio ging an Daniel vorbei die Stufen hinunter und stellte sich neben den Peruaner. Beide hielten ihre Waffen in den Händen.

Er könnte sie mit einer raschen Salve erledigen, jetzt, da sie da so schön in Reih und Glied standen, ging es ihm durch den Kopf, und die Vorstellung hätte ihn amüsiert, wäre er nicht so wütend gewesen. Nur den Uruguayer sehe ich nirgends. Sicher macht der irgendwo ein Nickerchen, alte Leute lieben das ja.

Er öffnete die Tür, zog den zusammengeklappten

Rollstuhl vom Rücksitz, stellte ihn mühelos auf den Schotter, klappte ihn auf, schwang sich mit einer Behändigkeit, die bei einem fünfundvierzigjährigen, mehr als achtzig Kilo schweren Mann überraschte, vom Fahrersitz hinüber und schlug die Autotür zu.

Auf dem schlammigen Kies kam er nur mühsam voran.

»Tragt ihn her«, befahl Daniel.

»Ich brauche keine Hilfe, verdammt«, protestierte er vergeblich, als Alfonso und der Peruaner ihn samt Rollstuhl hochhoben und ins Wohnzimmer trugen.

»Es ist kalt hier«, sagte er. »Und dunkel.«

»Es gibt ja auch nirgendwo eine Feuerstelle«, erklärte Daniel, während er die Flamme an der Lampe über dem Tisch höher drehte. »Und keinen Strom, mit dem man eine Elektroheizung betreiben könnte. Das hier ist keine Luxusvilla, wie du weißt. Wir haben dich erst morgen früh erwartet. Was ist los? Warum kommst du jetzt schon?«

»Weil du ein Idiot bist.«

Daniel verkrampfte: »Was hast du gesagt?«

»Ich sagte, du bist ein Idiot. Ihr alle seid Idioten.«

Alfonso tat einen Schritt nach vorn.

»Waffe runter, *Porteño*. Bei mir brauchst du gar nicht erst den argentinischen Macho raushängen zu lassen. Ich sitze zwar im Rollstuhl, aber ich reiß dir schneller die Eier ab, als du dir vorstellen kannst. Ich hab schon Leute fertiggemacht, die zwei Mal so groß waren wie du. Frag Daniel.«

Daniel nickte, und Alfonso ließ seine .357 Magnum sinken und trat einen Schritt zurück.

»Du könntest tatsächlich der größte Idiot hier sein, *Porteño*. Aber es gibt einen, der noch dämlicher ist als du.«

Er machte eine theatralischePause, wie in den guten alten Zeiten bei den langenVerhören von Journalisten, Gewerkschaftern und Arbeitern, damals in der Rua Tutóia, bevor diese Verhöre eingestellt und schließlich verboten wurden, weil dieser Jude Herzog bei einer Befragung durch die Geheimpolizei zu Tode gekommen war und General D'Ávila Mello unter dem Gejohle der subversiven Presse zurücktreten musste.

»Der Dämlichste von euch allen bin ich.«

Wieder machte er eine Pause. Die vier Männer sahen ihn erstaunt an. Doch Antonio wollte sich die Schlusspointe noch etwas aufsparen. Er ließ nicht zu, dass sein Zorn die Oberhand gewann – er hatte ihn nur dazu benutzt, um das Kommando über die Operation zurückzuerlangen, das er niemals aus der Hand hätte geben dürfen. Er besaß Informationen, die für die Zukunft von ihnen allen entscheidend waren.

»An der Suche nach dem Jungen sind mittlerweile neben der Bundespolizei auch die Militärpolizei von São Paulo und die Zivilpolizei beteiligt. Das ist sehr gut. Ich habe gute Informanten bei der Zivilpolizei. Von ihnen habe ich erfahren, dass es sich bei den Entführern um fünf Drogenhändler aus den Favelas rund um São Paulo handelt. In einer der Favelas ist die Polizei schon im Einsatz. Sie haben zwei Entführer getötet, die sich der Verhaftung widersetzt haben. Den anderen beiden sind sie auf der Spur. Bis zum Tagesanbruch werden sie sie gefunden haben. Mit Sicherheit werden die Kerle sich den Polizisten entgegenstellen, es wird zu einem Schusswechsel kommen, und sie werden lieber sterben, bevor sie ins Gefängnis gehen. Das alles haben meine Informanten mir erzählt und auch, dass der Kopf der Entführerbande, der Verbrecher, der das alles geplant hat, ein ehemaliger Militärpolizist war, der als Fahrer für die Frau des Werbefritzen gearbeitet hat. Er ist ebenfalls auf der Flucht und mindestens so gefährlich wie seine Spießgesellen.«

Daniel verstand, dass Antonio die Rollen vertauscht hatte. Als erfahrener Stratege respektierte er die neue Machtverteilung, wartete erst einmal ab.

»Meinst du den Fahrer, den Alfonso ausgeschaltet hat?«

»Ja, Daniel. Genau den, den Mann, dem der *Porteño* den Hals durchgeschnitten hat.«

»Das verstehe ich nicht«, mischte sich Leonardo ein, der wortkarge Peruaner.

»Ich auch nicht. Ich hab ihm drei Kugeln in den Hals verpasst.«

»Und eine in jede Schulter«, ergänzte Guillermo.

»Was soll das?«, sagte Emiliano, der auf einmal in der Zimmertür stand. »Was ist das für eine Geschichte mit diesen Drogenhändlern? Und warum bist du hergekommen?«, fügte er hinzu.

»Wir werden nicht gesucht, Uruguayer. Und man wird auch nicht nach uns suchen. Die Polizei sucht nicht nach Idioten.«

»Was zum Teufel redest du da?«, rief Emiliano. »Ein Idiot ist der Sohn deiner Mutter, der gottverdammten Hure, Brasilianer.«

»Wer das falsche Kind entführt, ist ein Idiot«, schrie Antonio. »Ein Idiot ist, wer nicht kapiert, dass der Werbefritze schon mit so etwas wie unserer Operation gerechnet hatte und deshalb sein Kind im gepanzerten Wagen zur Schule hat fahren lassen. Ein Idiot ist, wer die Sache nicht richtig ausgespäht hat und deshalb reingelegt worden ist und unter Lebensgefahr den Mercedes angegriffen hat, in dem der Sohn des Hausmeisterehepaars saß. Ein Idiot ist, wer sich eingebildet hat, er könnte sich zwei Millionen dreihundertsiebzigtausend Dollar von einem geheimen Konto dieser Scheißregierungstypen auf unser Konto überweisen lassen. Der Idiot bin ich. Ich bin der Oberidiot, ein viel größerer Idiot als ihr, ihr hirnlosen Kakerlaken.«

Keiner der Männer rührte sich. Niemand sagte ein Wort. Allen war klar, dass sich ihre gesamten Zukunftsträume soeben in Luft aufgelöst hatten.

»Packt alles zusammen, und dann kehrt jeder zu seiner Basis zurück. Peruaner, du fährst über Mato Grosso und Bolivien nach Lima, und zwar mit Zügen und Bussen. Uruguayer, du nimmst Alfonso im Fiat mit bis nach Porto Alegre. Dort steigt er ins Flugzeug nach Buenos Aires. Du fährst anschließend bis zur Grenze bei Uruguaiana. Dort fackelst du den Wagen ab und reist per Bus weiter. Bolivianer, du fährst im Kadett bis nach Foz do Iguaçu, lässt das Auto in Brasilien stehen und überquerst die Freundschaftsbrücke zu Fuß. In Ciudad del Este quartierst du dich im Hotel Valenciano ein. Der Hotelchef dort hält Wagenschlüssel für dich bereit. Von da fährst du dann nach

Asunción und wartest dort. Und du, Daniel, kommst mit mir nach São Paulo.«

»Warum?«

»Ich habe mit der Organisation in Santiago gesprochen. Die wollen das so. Und so wird es gemacht.«

Daniel senkte die Augen, dann sah er wieder auf, blickte jeden Einzelnen im Raum an, langsam, und jeder erwiderte seinen Blick. Ihr Schweigen war das Eingeständnis ihres Versagens.

»Dann pack ich mal meine Sachen«, sagte er schließlich, drehte sich um und verschwand im Zimmer.

»Und der Junge, lassen wir den hier im Haus?«, fragte Guillermo.

»Hier ganz in der Nähe ist ein Stausee. Ihr hängt ihm irgendwas Schweres um, und dann werft ihr ihn rein. Das übernimmst du, *Porteño*. Aber bring ihn vorher um, wirf ihn nicht lebendig rein, das wäre grausam.«

Kapitel 17

Morgengrauen
Dienstag, 21. August
05:34 Uhr

Es war noch nicht hell, als ein grauer Fiat Uno Baujahr 1989 mit Alkoholmotor und Kennzeichen von Minas Gerais den großen Paineiras-Stausee erreichte und neben dem Picknickareal anhielt.

Der Regen hatte aufgehört.

Auf der Rückbank lag ganz still in Decken gehüllt ein Kind. Der magere, frühzeitig gealterte Mann, der vorne rechts saß, betrachtete die zartrosa Streifen, die allmählich die grauen Wolken färbten, wie von Kindern gezeichnete Linien auf schlechtem Papier. Die Streifen wiederholten sich auf der glatten Fläche des Sees, auf dem reglos ganze Scharen von Kormoranen trieben.

Der Kerl mit dem geschorenen Schädel, der neben ihm saß, schaltete den Motor aus, zog den silbern schimmernden langläufigen Revolver aus dem Hosenbund und entsicherte ihn.

* * *

Es war noch nicht hell, als eine junge Frau mit wirrem Haar unter Hunderten schläfriger Passagiere, Männer wie Frauen, die wieder einmal zu wenig Schlaf bekommen hatten, an der U-Bahn-Station Barra Funda in den Zug in Richtung São Paulo Zentrum stieg, auf dem Rücken einen Rucksack, der zu schwer für ihre schmächtige Gestalt war.

Im Rucksack befanden sich Bücher und Notizen aus ihrem Kurs, ein zerlesenes portugiesisch-englisches Wörterbuch, eine Seifenschachtel, Zahncreme, eine Zahnbürste, ein weißes T-Shirt zum Wechseln, bevor sie ihren Putzdienst antrat, Passfotos und Ausweisdokumente, die sie Luís Cláudio geben wollte, wenn sie ihn bat, ihr bei ihrer Reise ohne Wiederkehr in die Vereinigten Staaten zu helfen.

Die Titelblätter der Zeitungen an den Kiosken im Bahnhof sah sie nicht, weil sie sie nie beachtete. Zwei von ihnen zeigten ein Foto ihres Vaters aus seiner Zeit bei der Militärpolizei. *Polizist war Kopf einer Drogenbande* lautete die Schlagzeile einer Zeitung. In der anderen war das gleiche Foto abgedruckt und darunter in kleinerem Format ein Bild von vier toten Männern, neben denen Waffen lagen. *Entführer widersetzen sich der Polizei und werden erschossen*, lautete die Schlagzeile.

Es war noch nicht hell, als die Haushälterin der Familie Bettencourt die Küche betrat und schnurstracks auf einen der weißen Resopalschränke zuging, in denen der italienische Teekessel aus poliertem Aluminium mit der kupfernen Tülle aufbewahrt wurde. Sie musste nicht einmal das Licht einschalten, denn sie kannte jeden Zentimeter des Raumes, der zwei Mal so groß war wie das Haus im Hinterland von Santa Catarina, in dem sie ihre Kindheit verbracht hatte. Irgendetwas musste sie einfach tun, und so setzte sie Wasser auf. Sie hatte die ganze Nacht kein Auge zugetan, war unablässig in dem Flur auf und ab gegangen, der das Haupthaus mit den Unterkünften der Dienstboten verband, war dann hinaus ins Freie gelaufen, bis zur Garage und wieder zurück in ihr Zimmer, dann wieder den Flur entlang bis zur Garage, mit leisen Schritten, sorgfältig darauf bedacht, Stephan nicht zu wecken und niemanden zu stören. Bis sie ihr eigenes rastloses Auf und Ab nicht mehr ertrug, sich das Gesicht wusch, die Zähne putzte und beschloss, ihren Arbeitstag zu beginnen.

Jetzt hörte sie ein Geräusch hinter sich und schaltete sofort das Licht ein.

»Dona Mara«, rief sie überrascht, als sie die Chefin am Küchentisch entdeckte, den gesenkten Kopf in den Händen verborgen.

Die blonde Frau mit dem Pferdeschwanz hob das Gesicht. Ihre Augen waren rot und geschwollen.

»Dona Mara«, wiederholte die Haushälterin, ratlos, was sie sagen oder tun sollte.

* * *

Es war noch nicht hell, als die zwei Wagen von der Nebenstraße auf die sechsspurige Autobahn einbogen und dort verschiedene Richtungen einschlugen. Der granatfarbene Chevrolet Kadett Hatch fuhr nach Süden, Richtung Paraná. Der schwarze Passat GTS Pointer nahm die Rodovia dos Bandeirantes, die Schnellstraße, nach Osten, Richtung São Paulo.

»Wir haben versagt«, sagte der Mann mit dem ovalen Gesicht zum Fahrer des Wagens. Seine Locken waren zu einer Frisur gebändigt, die dem grauen Anzug, dem weißen Hemd und der marineblauen Krawatte entsprach, die er trug. In der Aktentasche auf seinem Schoß befand sich ein spanischer Reisepass, mit dem er noch an diesem Abend unter dem Namen Rodolfo López Rubio in ein Flugzeug nach Lissabon steigen würde, als gebürtiger Spanier und Ingenieur von Beruf, dieselbe Identität, die er schon die letzten beiden Male zu seiner Einreise nach Brasilien genutzt hatte. Von der portugiesischen Hauptstadt aus würde er mit dem Auto weiter nach Sevilla fahren, zu einer Mission, über die er erst dort etwas erfahren würde.

»Aber ich habe gelernt, dass es hier in Brasilien einen guten Markt gibt«, fuhr er fort, nachdem er vergeblich auf eine Antwort von Antonio gewartet hatte. »Einen sehr guten. Nicht für große Unternehmungen wie die mit dem Werbefritzen. Die war zu groß. Zu eng verknüpft mit mächtigen Leuten in Brasília. Aber es gibt einen guten Markt für andere, kleinere Aktionen. Die Eigentümer mittlerer Unternehmen zum Beispiel. Die gibt es hier wie Sand am Meer. Oder die Patriarchen von Ladenketten. Geschwister und andere nahe Verwandte von Musikern aus dem Hinterland und Fußballspielern. Besitzer von Busunternehmen. Es gibt so viele, Antonio, so viele. Und die Familien halten zusammen, hier in Brasilien.«

Irene wandte sich ab und tat, als würde sie den Teekessel suchen; eingeschüchtert von Maras unverhohlener Schwäche wollte sie der Chefin und sich selbst Zeit geben, sich wieder zu fangen und einen Weg zu finden, mit dieser Situation umzugehen, die sie zutiefst verunsicherte.

Diese Frau hat es leicht, glücklich zu sein, sie hat Geld, dieses schöne Haus, einen guten Ehemann, ein intelligentes Kind, sie ist gesund, hat alles, was schön ist und was man sich nur wünschen kann, und trotzdem … und trotzdem …

»Möchten Sie einen Kaffee?«, fragte sie. Wenn sie mit jemandem gesprochen hätte, mit dem sie gesellschaftlich auf einer Stufe stand, hätte sie gefragt: »Kann ich dir helfen?« Und dann hätte sie sich neben die blonde junge Frau gesetzt, als wäre diese eine Nachbarin oder Cousine oder Schwester, und hätte gefragt: »Warum weinst du?« Sie hätte gefragt: »Kann ich dir irgendwie helfen?« Sie hätte gesagt: »Ich habe die ganze Nacht versucht zu weinen, aber diese Erleichterung war mir nicht vergönnt.« Und: »Auf meiner Brust liegt ein Druck, der tut so weh, ich glaube, ich muss sterben.« Aber sie sagte bloß:

»Ich setze schnell Wasser auf.«

Mara nickte. Irene goss zwei Tassen gefiltertes Wasser in den Teekessel, stellte ihn auf den Herd mit den acht Kochfeldern und drehte die Gasflamme auf die höchste Stufe. Dann holte sie das Kaffeepulver aus dem Kühlschrank, wo sie es aufbewahrte, damit es schön frisch blieb, tat drei Teelöffel davon in den Kaffeefilter und setzte ihn auf die weiße Porzellankanne. »Ich mache ihn schön stark«, sagte sie und vermied es, Mara anzusehen.

Kurz darauf begann die Kupfertülle des Kessels zu pfeifen. Irene goss das kochende Wasser über das Kaffeepulver.

»Möchten Sie Milch dazu?«

»Ich will nur ein Schlückchen Kaffee, Irene. Und eine Zigarette.«

»Ich rauche nicht, Dona Mara«, sagte sie entschuldigend und hielt ihr die Espressotasse hin. »Süßstoff oder Zucker?«

Alfonso winkte mit der Waffe zu dem Kind auf der Rückbank hinüber.

»Nein«, sagte Emiliano. »Ich nicht. Übernimm du das. Daniel hat dich damit beauftragt.«

»Dann hilf mir wenigstens.«

»Was soll ich tun?«

»Besorg einen Stein oder ein Stück Eisen, irgendwas, was wir an dem Jungen festbinden können, damit er untergeht. Das hat Daniel schließlich gesagt«, erinnerte er Emiliano, stieg aus dem Wagen und öffnete die hintere Tür.

Ohne die Waffe loszulassen, zerrte er an dem Bündel Decken, in das der Junge eingewickelt war.

»Warte, Alfonso. Lass mich ihn rausholen.«

Alfonso nickte.

Emiliano stieg aus dem Fiat, watete durch den matschigen Boden, bis er neben Alfonso stand.

»Geh weg. Ich nehme ihn.«

Die Füße des Jungen in Alfonsos dicken Wollstrümpfen ragten den beiden Männern entgegen. Emiliano packte einen Zipfel der Decke und zog den Jungen sacht zu sich heran. Dann griff er mit beiden Händen unter das Kind, hob es an und legte es sich über eine Schulter.

»Dorthin«, sagte Alfonso und wies auf einen Pfosten, an dem Boote vertäut werden konnten. »Leg ihn dort ab.«

Das tat Emiliano. Der Kopf des Jungen, der immer noch die Augen geschlossen hielt, fiel nach rechts, als er ihn auf dem aus dem Schlamm ragenden Holz ablegte. Er gab keinen Laut von sich.

Emiliano entfernte sich ein Stück. Die ersten Sonnenstrahlen brachen durch die grauen Wolken, ließen das Wasser aufblitzen und beleuchteten das gegenüberliegende Seeufer.

Alfonso trat auf den Jungen zu.

Er richtete seine .357 Magnum auf ihn.

Zögerte.

»Kopf oder Körper?«, überlegte er laut. »Worauf soll ich schießen, *viejito*?«

Er erhielt keine Antwort.

»Am besten ins Gesicht«, schloss er und hob wieder die Waffe. »Dann ist es später schwerer, ihn zu identifizieren.«

Ein Schuss zerriss die Stille am See. Erschrocken flatterte eine Schar Enten auf.

Daniel hatte seit dem frühen Morgen nachgedacht. Jetzt teilte er Antonio seinen Vorschlag mit: »Wir werden den Auftrag fortsetzen, für den uns die Organisation in Santiago dieses Mal zusammengebracht hat.«

»Was willst du damit sagen, Daniel?«

»Dass wir diese Operation vergeigt haben, weil sie zu groß für uns war und wir uns in das Revier von Leuten vorgewagt haben, die mächtiger sind als wir. Es gibt aber in Brasilien noch ein weites Betätigungsfeld. Wir befinden uns in einem gewaltigen freien Markt und können hier mit geringerem Aufwand größere Erträge erzielen.«

»Wie?«

»Indem wir häufiger Operationen durchführen, die ein paar Nummern kleiner sind. In Chile haben wir ausgezeichnete Leute, Männer, die seit Pinochets Niedergang arbeitslos sind. Männer, die großes Geschick darin besitzen, Leute zu entführen und, falls nötig, auch längere Zeit gefangen zu halten.«

»Die arbeiten schon für die Organisation in Santiago.«

»Nicht alle. Und nicht die ganze Zeit. Überleg doch mal, wie viele Besitzer von metallverarbeitenden Betrieben es allein in São Paulo gibt. Denk an all die Großgrundbesitzer in Mato Grosso do Sul. Denk an die Bauunternehmer, die in Paraná tätig sind. Denk an die unzähligen Makler, Reiseveranstalter, Juweliere, Mineneigentümer und, und, und ... Ein riesiger Markt.«

»Und was hast du mit denen vor?«

»Mit ihren Bankkonten, nicht mit ihnen. Wir werden nur wenig verlangen. Gerade genug, um unsere eigenen Konten zu füllen, ohne die ihren ganz leer zu machen. Wir werden keine aberwitzigen Forderungen stellen. Ihre Familien werden sich bereit erklären, das Lösegeld zu zahlen.«

Die Idee gefiel Antonio. Vor seinem inneren Auge stiegen neue Bilder auf. Miami. Mustang. Camaro. Coconut Grove.

»Sobald ich von der Operation in Madrid zurück bin, besprechen wir die Details. Du wirst reich werden, Antonio. Wir beide werden reich werden. Dann kannst du in meine Gegend in der Nähe von Santiago ziehen, da ist es ruhig und sicher.«

»Santiago ist zu bergig. Das ist schlecht, wenn man im Rollstuhl sitzt. Ich mag Santiago nicht. Da will ich nicht leben. Ich will in Miami leben.«

»Miami?«, fragte Daniel. »Wie willst du dich denn mit den Leuten in Amerika verständigen?«, lachte er. »Du kannst ja kaum Englisch.«

Auch Antonio lächelte. Am Straßenrand tauchten die ersten schäbigen Hütten und Holzhäuser auf, ein Zeichen dafür, dass die Stadt näher kam.

»Das wird kein Problem. In Miami spricht niemand Englisch.«

* * *

Als Irene bemerkte, dass Mara ihr gar nicht zugehört hatte, wiederholte sie: »Süßstoff oder Zucker?«

»Irene, ich fliege noch heute Abend in die Vereinigten Staaten, und du müsstest …«

»Doutor Olavo hat mich schon gestern angewiesen, Ihre Koffer zu packen, Senhora.«

»Gestern? Du wusstest seit gestern, dass ich … Du wusstest vor mir Bescheid über …«

»Haben Sie noch irgendwelche besonderen Wünsche, was in Ihren Koffer soll?«

»Ich möchte, dass du diese Telefonnummer anrufst.« Mara drückte Irene ein Stück Papier in die

Hand. »Wenn Doutor Olavo und ich abgereist sind. Ohne dass Olavo davon erfährt. Ohne dass irgendjemand davon erfährt. Ruf von einem Münzfernsprecher aus an.« Irene sah eine Nummer und den Namen eines Mannes. Sie zog die Hand zurück und legte das Papier auf den Tisch.

»Nein, Dona Mara. Bitte verzeihen Sie. Verzeihen Sie, aber ich werde nicht anrufen«, sagte sie abwehrend, im Glauben, es handele sich um einen Liebhaber. »Das kann ich Doutor Olavo nicht antun.«

»Es ist die Nummer des Herausgebers dieser Zeitschrift«, sagte Mara, die Irenes Irrtum erkannte, und nahm eine Zeitschrift vom Tisch, die Irene in den Morgenstunden immer wieder durchgeblättert hatte. »Er greift die Korruption in der Regierung an. Du kannst das Papier ruhig nehmen, Irene.«

»Nein, Dona Mara. Verzeihen Sie. Ich werde nicht anrufen. Ich kann das nicht.«

»Bitte, Irene. Du rufst dort an und sagst, wer ich bin und dass ich in New York bei dem Fest des Ministers sein werde, das sie im Auge haben.«

»Nein, Dona Mara. Das kann ich nicht tun. Ich weiß nicht, ob ich es kann.«

»Du rufst an und sagst, dass ich Informationen habe. Dass mein Mann für den Minister die Käufe tätigt. Dass er ein Apartment in New York hat, das mit Geldern aus der Wahlkampagne bezahlt wurde. Du sagst, dass der Minister ein schwarzes Konto hat und dass ich alles darüber weiß und darüber reden will. Sag ihnen, ein Reporter soll mich auf dem Fest ansprechen.«

»Ich weiß nicht, ob ich das kann, Dona Mara.«

»Sag ihnen, ein Reporter soll morgen zu mir kommen. Ich werde alles erzählen.«

»Dona Mara. Ich habe Angst.«

»Ich auch, Irene. Ich auch.«

Ein Schuss genügte.

Die Neun-Millimeter-Patrone, gefertigt irgendwann zwischen der letzten Maiwoche und der ersten Juniwoche 1989 im Staat South Dakota, durchschlug mit einer Geschwindigkeit von dreihundert Metern pro Sekunde die Stirn zwischen den Augen, zerschmetterte das Stirnbein, drang in den Schädel ein, zerstörte hundert Milliarden Neuronen, als sie durch Hirnrinde, Gehirnbalken, Blutgefäße, Thalamus, Kleinhirn, Hirnanhangsdrüse, Hypothalamus, Hippocampus, Amygdala und Schläfenlappen ging, die gesamte Masse, aus der die beiden Hirnhälften, das Kleinhirn und der Hirnstamm bestanden, zuständig für Denken und Motorik, für Muskelspiel, Sprechen, Hören, Sehen, für die Haltung und das Gleichgewicht, für Atmen, Interessen, Ängste, Zweifel, Vorlieben und Abneigungen, für das Bedürfnis, nach einem langen, heißen Sommertag ein Bier zu trinken, für die Entscheidung für eine Fußballmannschaft und den Lieblingszeichentrickfilm, für die erste preisgekrönte Rede und das erste gesungene Lied, für das Hoffen und Bangen, dass der Wolf die sieben Geißlein und Rotkäppchen nicht fressen möge, für das Begreifen, dass zwei und zwei vier ergibt, für die Erregung, wenn man in eine Frau eindringt, für die Lieblingsfarbe bei den Buntstiften, für das Erschnuppern des Duftes, den der frisch gebackene Kuchen im ganzen Haus verströmt, für das Vergnügen beim Versteckspielen, für das Wittern von Gefahr, für das langsame Hinübergleiten in den Schlaf, für das Dribbeln mit einem Ball, für den Geschmack von Karamell, der einem auf der Zunge zergeht, für die Erleichterung, die man verspürt, wenn man seine Gedärme und Blase entleert, für das überwältigende Gefühl beim ersten Anblick des Meeres, für das Aufstoßen nach dem Trinken von Limonade und die Gänsehaut, wenn einen ein kalter Windhauch streift, für das Jucken, wenn man sich morgens den Schlaf aus den Augen reibt, für das Stillen des Hungers an der Brust der Mutter, für Irrtümer, Überraschungen, Lachen, Tränen und für die Erinnerungen und Träume und Wünsche und Hoffnungen, die er niemals mehr haben würde.

Als die Kugel durchs Scheitelbein wieder austrat, hinterließ sie ein großes rautenförmiges Loch und zweihunderttausend Jahre Evolution, zerquetscht zu einer unförmigen Masse.

Alfonso sackte in sich zusammen wie eine Marionette, der man die Fäden durchgeschnitten hat. So blieb er für alle Zeiten reglos auf dem Rücken im Schlamm liegen, den der Regen der letzten Nacht zurückgelassen hatte, den rechten Arm entlang des Körpers, den linken in Richtung Emiliano ausgestreckt. Seine Hand hatte sich geöffnet und die versilberte .357 Magnum losgelassen. Unter seinem Kopf bildete sich allmählich eine dunkle Lache, die seine Wollmütze durchtränkte und sich mit dem Schlamm vermischte. Aus dem Loch zwischen den Augen, nur wenig größer als eine 50-Centavo-Münze, quoll kaum Blut.

Einer plötzlichen Eingebung folgend, stieg Barbara eine Station früher aus der roten U-Bahn-Linie. Sie wollte den Platz wiedersehen, zu dem sie früher mit ihren Eltern die Sonntagsspaziergänge unternommen hatte und den sie – ein Großstadtkind, das nie aus der zubetonierten Metropole herausgekommen war – mit seinem See und der Baumgruppe für einen Bauernhof gehalten hatte.

Über zwei Ebenen hinweg stieg sie an die Oberfläche.

Es war hell geworden. Der Regen hatte aufgehört.

Barbara sprang über eine Pfütze.

Sie atmete tief ein, spürte, wie ihr der vertraute, tröstliche Geruch in die Nase drang, eine Mischung aus der schneidend kalten Luft an diesem Morgen des 21. August und dem beißenden Abgasgestank von Tausenden Bussen und Autos, die an diesem Dienstag unermüdlich durch die Zehnmillionenstadt fuhren, dazu der Geruch nach feuchtem Gras und Erde in den verwahrlosten Beeten an der Praça da República.

Es war ein Abschied.

Ein kalter Wind wirbelte Plastiktüten, Zeitungen, Blätter und zerdrückte Zigarettenschachteln auf, den Abfall, der sich im Morgengrauen auf den Bürgersteigen angesammelt hatte. Eine Bierdose rollte ihr vor die Füße.

Sie schlug den Jackenkragen hoch, um ihren Nacken gegen die Kälte zu schützen, vergrub die Hände in den Taschen ihrer Jeans und überquerte festen Schrittes, ohne Eile, den Platz, auf dem Weg zum Englischkurs für Sekretärinnen in der Rua Maria Paula, dreizehn Blocks weiter. Sie registrierte und speicherte in ihrem Gedächtnis jeden Baum, jede Bank, jedes Beet, jeden Ausschnitt des Himmels über ihr, jeden Randstein, jede Ampel, jede Markise, jedes vergitterte Schaufenster, jede Bushaltestelle, jedes Fenster, jede Mauer, jede Wandschmiererei, jedes zerrissene Plakat, jeden Mülleimer, erfüllt von dem schweren Gefühl von Freiheit und Furcht, das sie nie wieder verlassen sollte.

Sie war erwachsen geworden.

Emiliano steckte die Waffe weg, bückte sich, nahm den Jungen in die Arme, trug ihn zum Wagen, legte ihn auf die Rückbank, schob die schmutzige Decke zurück und befühlte seine Stirn.

Das Fieber war weg.

Er schleifte die Decke hinter sich her bis zu Alfonsos Leiche und warf sie über ihn.

Die Hand mit der Magnum lugte hervor.

»Jetzt nützt sie dir nichts mehr«, sagte er und nahm den Revolver an sich.

Er ging zurück zum Wagen, legte die Waffen auf den Beifahrersitz, zog seine Jacke aus und wollte gerade den Jungen hineinwickeln, als der die Augen aufschlug.

Er wirkte kein bisschen erschrocken, musterte Emiliano nur ein paar Sekunden lang interessiert, dann legte er den Kopf zur Seite. Und lächelte.

Emiliano deckte seine Jacke über den kleinen Körper. Der Junge lächelte wieder, um dem Mann dafür zu danken, dass er ihn vor der Kälte schützte.

»Ich bringe dich an einen sicheren Ort, Junge. Mach dir keine Sorgen«, sagte Emiliano, stieg ins Auto und fuhr los.

Der Junge schloss wieder die Augen und schlief ein.

S. 67 »Vogue« (Madonna)
S. 68 »Another Day in Paradise« (Phil Collins)
S. 68 »Here we are« (Gloria Estefan)
S. 78 »I will always love you« (Whitney Houston)
S. 83 »The Winner takes it all« (Abba)
S. 83 »Desafinado« (Tom Jobin e Newton Mendonça)
S. 84 »Nuvem de lágrimas« (Paulinho Rezende e Paulo Debétio)